U0000541

萊恩大人也想甜蜜索吻

柳孝真

illust Gene

Presented by Liu xiao-zhen & Gene

警語：

※本故事純屬虛構，並未參照任一國家的律法。與真實存在之團體、事件、人物等無關。

CONTENTS

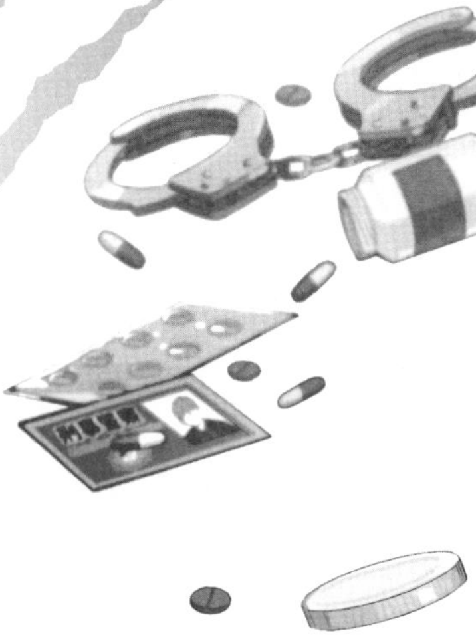

Presented by
Liu xiao-zhen & Gene

序章

空氣溼熱的黑暗中，艾萊恩蜷縮著單薄的身軀，努力減少身體和四周觸碰的範圍。

不到半坪的垃圾塑膠箱內充斥著各種糟糕的氣味，刺鼻濃烈的惡臭彷彿成群的火蟻，野蠻地鑽進艾萊恩的鼻子，肆意啃咬著他身為獅子獸人引以為傲的嗅覺。

事實上，不單是嗅覺遭到迫害，這空間裡的一切無不吞蝕著艾萊恩的感知還有意志。四處攀爬的小蟲、蒼蠅鼓譟的嗡嗡聲、各種腐爛廚餘混合的臭氣、塑膠桶上堆積的黏稠液體，還有比手掌大的老鼠爭搶挖到的剩食。

在這狹小的垃圾集裝箱內，艾萊恩目睹到出生至今十年來不曾見過的景象。

夏日的酷暑不斷蒸發掉汨出皮膚的汗水，鹽分殘留在衣服上，結成一片片白色的薄霜。

他小小的手緊握住傷痕累累的尾巴。

即便傷口的血漬已經乾結，疼痛仍因汗水滲入而有增無減。

黯夜中，斑斕月光投落在艾萊恩稚嫩的小臉上，本該屬於孩子的紅潤臉頰如今只剩下驚恐與蒼白。

頭頂有數十隻烏鴉在盤旋，牠們不時朝垃圾桶俯衝而下，發出尖銳的叫聲。巨大的身軀彷彿是城市裡的禿鷲，漆黑凌厲的眼珠直盯著受困在桶中的小艾萊恩，暗伏著等待他年幼的生命獨自凋零。

此時，天空降下斗大的雨滴，被惡臭侵襲的嗅覺因雨水的洗刷，恢復了一絲細微的感知。這激起了艾萊恩的求生意志，他抬起頭，棕色的眼睛朝塑膠桶外混濁的天空眨了眨眼，接著艾萊恩揮開眼前擾亂視線的蒼蠅，顫抖地爬起身。

他決定再挑戰一次。

十隻破皮的手指緩緩搭上垃圾桶邊緣，艾萊恩鼓滿胸腔，深深吸了一口氣，使勁踮起腳尖，努力想翻出這個駭人的世界。

誰知就在他上半身成功探出垃圾桶外時，一個男孩惡狠狠的聲音霍地在他腦袋中急速擴散！

「不准出來！聽到沒有？敢出來你就完蛋了。」

於此同時，不遠處一陣雷鳴轟然作響，電光火石劈開灰暗的雲層。

又一次，艾萊恩鬆開手指，重重摔回宛如深淵的垃圾桶內。

就差一步了。

眼看只要腿一蹬，他就能翻出垃圾桶，逃離這可怕的地方。

但，他失敗了。

這樣的嘗試艾萊恩已經試過無數次，可每次只要他即將成功時，那聲凶悍的警告聲總會在最後一刻衝進他腦海裡，並毫不留情地阻止他、擊潰他。

為什麼自己就是無法反抗那句話呢？

明明只要踮腳翻出去就好了啊？

怎麼就是做不到呢？

無能為力的挫敗感不斷擠壓艾萊恩的求生念頭，他年幼的心靈幾乎被逼到絕境。

雨勢越下越大，以迅急的速度蓄積在狹窄的垃圾桶內，雨水混著垃圾汙穢的液體一吋一吋升高。

不知何時，擾人的蒼蠅聲沒了，搶食的老鼠們消失了，虎視眈眈的烏鴉也不見蹤影。

除了自己起伏不平的呼吸聲、可怕的雷雨聲之外，周圍沒有任何聲響。

艾萊恩所熟知的世界正逐漸褪去色彩，變成一片死灰。

困倦與喪氣糾纏著他所剩不多的意志，艾萊恩再也沒有力氣維持人形的姿態……虛弱地低喘一口氣後化回獸形，疲憊地癱靠在桶子內，越發激烈的雨水霧化了他的視線……

瞬間，艾萊恩感覺自己回到了家中，而身下的垃圾袋就是客廳軟呼呼的沙發……

他幻想著自己枕在媽媽的膝上，討價還價吵著晚餐後可以吃多少零食。

接著他又想到了藏在枕頭下、捨不得打開的小熊軟糖，期待這包軟糖中有多幾個喜愛的葡萄口味……想著想著，艾萊恩慢慢閉上眼睛，腦海中數著小熊軟糖的畫面也逐漸模糊。

就在他陷入恍惚之際，耳邊隱隱約約聽到有人呼喚他的名字。

那一聲聲呼喚由遠至近，不停呼喊，不斷擴大。

最後伴隨著一抹亮光，他似乎聽見有人喊——

「孩子找到了！！」

第一章

——二十年後——

夏季的夜晚溫暖潮溼，窗外飄著陣陣梅雨，隨著空氣溼度升高，開著空調的室內溫度反而節節下降。

忽然！一道令人喪膽的烈吼劃破溼冷寂靜的空間！

「吼～吼～～沒想到就在這個時候，一隻野獸竟然從黑暗中撲跳出來！把老農夫大力壓在地上！」艾萊恩拿著美女與野獸的故事繪本，用充滿狠勁的雙眼盯著腳邊一團團蜷縮起來的小金毛球，緩緩接道：「野獸的眼睛布滿血絲，他可怕地瞪著臉色慘白的老農夫說——」

「他……他說什麼？」

獅系獸人低沉駭人的嘶聲，讓黃金獵犬的獸人孩子們嚇得牙齒不斷打顫，個個尾巴夾得超緊。

雖然怕得半死，但對故事的探知欲略勝一籌，孩子們受不了停頓，一邊發抖一邊搖著如金蔥的毛尾好奇追問。

「野獸對老農夫說——」

艾萊恩壓低嗓音，在關鍵的字尾停頓，特意吊足小小聽眾們的胃口。

「說——」

孩子們紛紛張大眼，引頸期盼接下來的故事。

不過就在這時，門板喀嚓一聲打開，截斷了緊張的氛圍。

「好了孩子們，故事時間結束。爸爸媽媽來接你們嘍！」一位身著便衣的兔系獸人推開門提醒。

一聽見爸媽駕到，所有孩子瞬間發出哀號。

「故事還沒講完耶！我還不想回去！」

「對啊……辛巴，你可不可以跟爸拔媽麻說，讓我們聽完再回家？」

看見孩子們搖尾乞憐，甚至咬住他們的褲管，說什麼都不願意走的撒嬌模樣，艾萊恩與彼得對視一眼後噗哧笑了出來，感到無奈又逗趣。

這是地球上全新的紀元——**彩新紀**。

上個紀元末，隨著世界文明的推演，狼人、人魚以及遭流言惡傳成吸血鬼的蝙蝠人被證實有別於人類和純動物，是完全基因獨立的種族，之後就有越來越多獸人紛紛挺身而出，捍衛自己生活的權益。

於是在幾個世代不懈的努力下，獸人族群終於開闢出一片天，無需再躲藏於黑暗之中。

人類與獸人達成共存共識，一同邁向嶄新的世紀。

只不過，雖說是基因獨立的物種，獸人仍存在著各個動物的天性，因此政務機構也自然劃分成獸人與人類兩派的獨立單位。

艾萊恩與彼得是獸人救助中心的隊長與副隊長。熱誠友善的工作態度，讓艾萊恩帶領的團隊在這人類與獸人混居的社區裡建立起極好的口碑。

大到災害救援，小至腳踏車落鏈等等，大家第一時間想到的都是求助救援中心。

這群小金毛也已經不是第一次光臨獸人救助中心了。

最近每到下雨天，孩子們對路邊的泥巴見獵心喜，都會瘋狂暴衝，玩到迷路之後才嚎啕大哭，接著就被路過的好心民眾送來中心，等著被父母領回。

雖然艾萊恩是獅子獸人，超過一百九十公分的身高給人嚴肅的距離感，但哪個孩子不崇拜漫威英雄呢？

小金毛們每次被送來救助中心，總會鬧著要艾萊恩陪玩。只要狀況允許，艾萊恩都會滿足孩子的心願。

孩子純淨的心靈總能感應出誰是好人。大家都知道萊恩隊長看似可怕，其實有求必應。小金毛們耍著小任性，死纏爛打，說什麼都不願離開，對孩子來說除了學校，任何地方都比家好玩。

這時，門外一個男人清了清喉嚨斥責道：

「什麼辛巴？這麼沒禮貌。爸爸之前怎麼教你們的？」

「對啊，教過幾次了，要稱呼人家隊長。」

聽見孩子居然幫大人取綽號，身旁的金毛媽媽也忍不住出聲糾正。

「還有不可以隨便咬別人衣服，快放開！」金毛爸爸看到自家女兒蓓蓓緊咬著艾萊恩的褲子不放，臉上堆滿歉意，「不好意思，萊恩隊長，這陣子老是麻煩你們。」

「別這麼說，我們和蓓蓓已經是好朋友了喔！」艾萊恩爽朗一笑，露出皓白的牙，拍了拍身旁彼得的肩膀說道。

「嗯！大家是好朋友了！」

蓓蓓睜著水汪汪的大眼，用力點頭。

「對啊，因為大家是好朋友，所以我要送給我的朋友們一個超厲害的禮物。」艾萊恩故作神祕，從口袋裡抽出一張閃亮亮的卡片，放在大家面前。

「看！是變身火焰龍的SSS白金卡！！」一見到現在最流行的戰鬥卡，孩子們一口同聲地高呼。

「沒錯，就是超稀有的白金卡，很可惜我只有一張……所以……」艾萊恩講著講著，露出相當苦惱的表情，「我決定把它送給第一個回到家的人。」

「我！我！放學後我都是第一個到家的。」

「才不是，今天的第一名肯定是我！」

「媽媽、媽媽，我們快點回家。」

聽見稀有的白金卡獎落第一，孩子們爭先恐後地擠在門邊穿鞋，連最不願意走的蓓蓓也反過來拉著母親的裙襬催促，要趕快回家。

這招果然有效。

艾萊恩見狀，笑笑地把卡片交到金毛爸爸的手中。

「那再請爸爸媽媽幫我交給第一名嘍。」

「真是不好意思，每次都麻煩隊長想花招，真的很謝謝你幫忙。」

金毛夫妻牽著孩子，向艾萊恩與彼得彎腰致謝。

「別這麼說。現在正值梅雨季嘛，小孩子都愛玩水，而且這麼有活力是好事啊，大家都很健康喔！」艾萊恩體貼地幫忙撐傘，陪伴毛孩們走到停車場，並點頭致意。

「那麼，晚上開車請小心駕駛！」

「謝謝隊長。」

「辛巴掰掰！下次見。」孩子們在車裡紛紛向艾萊恩揮手。

「哈哈哈，好，下次見。」

目送喧鬧的小毛頭們回去後，周圍一下子回歸寧靜，只剩雨點打在傘上，發出類似訊號中斷的沙沙聲。

望著孩子們離開的方向，艾萊恩好氣又好笑地搖了搖頭，返回救助中心。

不料才剛收起傘，室內紅色的警鈴立即嗡嗚乍響。

『緊急事件、緊急事件！縱峽山谷二〇五線處有群綿羊跌落暴漲的溪水裡！』

廣播傳來接線人員沉著冷靜的通報聲，大廳裡本來有說有笑的隊員們瞬間機警地跳起來。

艾萊恩立刻按下耳邊的對講機，眉宇換上慎重的神情：

「收到！對方是獸人還是動物？」

『判斷是獸人。』

「了解，第七分隊出動！」

所有人無不繃緊神經，艾萊恩領著一票邊牧隊員飛快奔向車庫。

從前聽到後車庫，途經走道不過短短幾秒，大夥兒已經俐落地換裝完畢，腳踩油門的同時艾萊恩朝對講機再度下令：

「彼得，中心拜託你了。李里亞，連絡二〇五線轄區開道。」

『沒問題。』

『是！』

接獲指令，彼得與接線員馬上回答。

當兩人的聲音傳到艾萊恩耳中，救援車隊已鳴起響亮的警笛，奔馳在雨水浸染的街道上。

近來連日豪雨，造成意外頻傳。夜間視力超凡的貓科隊員們都出任務了，今晚救援中心裡只剩艾萊恩一位獅系獸人，而且綿羊落水的山谷地段偏僻、植被茂密，深夜裡的能見度相當低。

作為救難隊的隊長，艾萊恩當然義不容辭，親上前線。

一路上大雨肆虐，急速擺動的雨刷在烈雨的攻勢下毫無作用。山區雨水像瀑布般滾滾急流，車輛開上山谷後整路顛簸，夾雜在水中的落石毫不留情地猛砸車身，撞擊出令人焦躁的聲響。

艾萊恩與隊員們艱難地前進一段路後，終究還是遇見了最壞的狀況……

雨水攪和大量的泥沙，使路變得泥濘不堪，車胎陷入泥地，阻礙了救援的腳步。艾萊恩當機立斷帶著隊員跳下車，頂著滂沱豪雨，徒步往暴漲的溪水前進。

越往前走，撕心裂肺的求救哭聲就越清晰。在晦暗的景象中，只見長著彎角的綿羊獸人陷在暗黃的泥水中載浮載沉，狀況危急。

獸人男子拚命逆游而上，雙手不斷試著將身邊的幾隻小羊推上岸，無奈不敵水勢。他們明顯體力不支、被水流沖遠，湍急的水流擊打在岸邊，撞出劇烈的水花。

聽到綿羊們越漸虛弱的哀鳴，萊恩與隊員二話不說就涉入水中，抽出安全繩套住羊群，大夥兒齊心接力，成功將小綿羊們一個不漏地拉上岸。

但就在最後一隻小羊被送回岸邊的剎那，綿羊獸人終於體力透支，瞬間化為綿羊形態，被黃沙急流淹沒。

「爸爸——！」

目睹父親滅頂於水中，其中一隻小羊激動得恢復成人形，朝著河邊哭喊，隨後又因為太過虛弱變回羊的形態，只能在救援隊的懷中不斷發出嗚咽的抽泣。

眼看綿羊爸爸的身影越來越渺小，幾乎與漂流木及石塊融為一片，小羊們著急得越哭越大聲。

不過外人眼中漆黑模糊的影像，看在艾萊恩眼裡依舊清晰，他拉開救難制服，再次縱身躍入翻濤的溪水。

下一秒，只見一隻棕紅的獅子奮力朝著綿羊的方向游近。

混濁的溪水嗆入口鼻，使艾萊恩換氣困難；砂石與木棍不斷撞擊著艾萊恩的身軀，使他疼痛不已，但這些都無法阻擋他救人的決心。他努力划動腳掌，終於勾到了綿羊爸爸的角。可綿羊毛吸了水，宛如一顆笨重的鉛球，重量比平時多了不只十倍，艾萊恩費了極大的氣力連拖帶拉，才把綿羊爸爸拖上岸。

回到陸地上，艾萊恩朝空中低吼一聲，隨即叼起綿羊，消失在如黑墨的山谷中。

此刻，在對岸等的隊友們紛紛鬆了口氣。他們知道那聲低吼是隊長報平安的信號，於是拍拍孩子的背，安慰道：

「你們別擔心，爸爸沒事了喔，我們隊長會直接從山的另一邊帶爸爸去醫院的。」

「真……真的嗎？」

孩子們早已泣不成聲。

「真的真的，爸爸已經到對岸了，我們快坐車一起去醫院找爸爸吧！」邊牧小隊露出微笑。

◆

枝葉橫生的樹林中，地表遭大水浸溼，腳底黏滑的沙泥使艾萊恩舉步維艱。

此刻性命關天，他分秒必爭、不敢耽擱，緊緊叼著昏迷的綿羊奔馳在黑暗裡。衝出一片灌木林後，艾萊恩終於看見了城市喧囂的霓虹。

凌晨時分，燈火通明的獸人急診室內，醫護們一人抵五人，各個有條不紊地忙碌著，可艾萊恩的到來卻打亂了這個節奏，急診室瞬間慌忙起來。

成年的綿羊獸人患者相當棘手，要剃除他身上溼厚的羊毛就費了幾名醫護人員一番功夫，多虧平時訓練有素，綿羊爸爸經過緊急搶救後咳出幾聲痛苦的嘔吐聲。

聞聲，艾萊恩緊皺著的眉眼才逐漸緩和下來。

「太好了！他還能出聲……看來應該沒事……」

一名新進的人類小護理師抹去額前緊張的汗珠，想必這是她第一次遇上重難急救。

雖說艾萊恩現在是獸化姿態，無法言語，但他還是感激地朝護理師輕輕點了點頭。

「幸好隊長來得及時，我們這邊請吧。」護理師對艾萊恩露出微笑，並禮貌地請他到轉角的一間更衣室。

艾萊恩擔任獸人急難救援隊的隊長五年了，這幾年間，已和醫院建立起良好的默契，只要救難隊的隊員是以獸化形態到醫院執行任務，院方都會貼心提供一套人類的便服，好讓獸人隊員們穿回去。

就在艾萊恩剛進入更衣間、化回人形時，沾滿乾泥的獸耳不自覺地轉動一下，同時聽見一陣陣低沉的狼嚎。獸人的聽力是普通人類的數倍，而受過專業救難訓練的艾萊恩，聽力更勝一般獸人。

果不其然，沒半分鐘，門外又傳來醫護人員們焦急的聲音及嗆鼻的血腥味。

下雨的夜晚總是不寧靜。

不知綿羊孩子們都還好嗎？

下山的路途是否安然順利呢？

救助中心剩下的人力夠應急嗎？

艾萊恩取出毛巾將身上的泥土擦乾淨，內心一邊擔憂起來，忍不住微微嘆口氣。

等等先打電話回中心確認一下狀況好了，艾萊恩暗想著。當他換好衣服，準備推門離開之際，一道急躁的男聲赫然從門縫擠進來，猛力震動艾萊恩的耳膜，使他一緊張，反手將門關上！

艾萊恩也被自己行動快於思考的反應嚇了一跳，不懂自己為何會有這樣的反應。

在順了幾口氣後，艾萊恩開始剖析原因。那名男聲的音質相當特別，他努力思索過往，發覺自己似乎沒有聽過這類的聲音。

這個世界上，每分每秒都充斥著形形色色的聲音。由於各物種都有自己的侷限性，因此能接收到的音頻都不一樣，能發出的聲音振波當然也不同。人類能靠舌頭及嘴型發出動物或獸人們無法發出的聲音，同理，有些特定的音頻人類也發不出來，因此就算沒見到面，聽力極佳的獸人依然能單靠聲音細微的差異，判斷說話的對象是獸人還是人類。

但……剛剛的男聲，艾萊恩卻無法確定對方是人類還是獸人。

難不成聽錯了？

艾萊恩破天荒地懷疑起自己。為了證實聽力沒有問題，他豎起靈敏的獸耳貼上冰冷的門板，仔細傾聽門外的聲響。

隔著一層木片，那道急促的聲音又一次撥動艾萊恩的雙耳。

『醫生呢！？只有你們嗎？』男聲質問。

『目前醫生手上都有急診，已經通知其他醫生了，正趕過來了！』

『麻煩請醫生快點！』

『知道了！高刑警很抱歉，請您到外面稍等！』

緊接著傳來一陣急速奔跑的腳步聲和痛苦的狼吼。

這次艾萊恩很確定，那道男聲，是人類。

他的音質清潤，令艾萊恩不由得聯想到一潭淺而澄靜的湖泊。

門外的對話凸顯了急診室人力吃緊的狀況。可是不知為何，那位人類男人清澈響遏的嗓音，讓艾萊恩的胃部不自覺微微抽緊。

雖然詭異的感覺不到一秒就散去了，卻讓艾萊恩有些無所適從。

就這樣，他佇立在更衣室裡不知多久，直到那道透亮的聲音完全消失在門板的另一側，艾萊恩才謹慎地從更衣間裡走出來。

即便狼人鐵鏽般的血味仍瀰漫在空氣中，不過急診室已漸漸恢復原有的秩序。艾萊恩緩步走到護理室，申報借領衣物的登記。

「隊長，你還在啊？我以為你回去了。」小護理師見到艾萊恩後十分訝異，抹了抹額頭上緊張的汗水。

「喔……剛剛順路去了趟洗手間。今晚很忙吧，辛苦了。」

「急診都是這樣的，大家都辛苦。我幫你登記一下領用衣……啊！」小護理師登入系統，替艾萊恩登記衣服外借時露出大驚失色的表情，「隊、隊、隊長很抱歉！更衣間沒放露尾的褲子嗎？真的很不好意思，我立刻換給你！」

小護理師突然結巴起來，不過她的慌張其來有自。

因為尾巴可說是獸人族群的驕傲。

就像人類擁有美麗的秀髮會感到自信自在一樣，展現尾巴也是獸人自信的來源。相反的，若刻意忽視、隨意觸摸或蓄意傷害獸人的尾巴，會被視為不禮貌的行為。

「沒事啦。妳剛來不知道，萊恩隊長從不穿露尾的褲子喔。」一旁的護理長及時出現，化解小護理師的慌張。

「咦！？是這樣嗎？」小護理師一臉疑惑地看向艾萊恩。

「嗯。」艾萊恩點頭附和，晃了一下肩膀，一臉輕鬆地解釋道，「露出尾巴有時對救援工作會不方便。」

「原來是這樣……」

得知不是自己不小心冒犯，小護理師安心地鬆了口氣。

「呵呵，別擔心。衣服照樣會由送洗人員拿回來，對了！請問方便借我一把傘嗎？我明天就拿來還。」艾萊恩瞄了眼溼漉漉的窗外，露出無奈的淺笑。

「我們有很多愛心傘，借一把沒問題，請隊長等等喔。」

「哎喲！只是傘而已，哪有什麼問題，客氣什麼。」

護理長敲敲艾萊恩的額頭，像媽媽一般責備他大驚小怪。而小護理師說完便跑去找傘了。

趁著等候的空檔，艾萊恩打探性地向護理長隨口問：

「剛才送狼人來的是人類？」

「是啊！隊長認識高刑警嗎？」

艾萊恩搖頭，盡量讓臉部保持鎮定，小心不讓別人發現他內心存著些許緊張，儘管在外人看來他與平時無異。

「不認識，只是聽到聲音覺得很特別。」艾萊恩誠實回答。

他回想剛才聽見的聲音，那道嗓音清晰得宛如輕彈玻璃般透徹。

「居然連隊長也這麼覺得啊……看來是真的……」護理長手托著下巴，若有所思起來。

「什麼真的？」

「不是說有DS基因的人，能從聲音聽出一個人是不是Dom嗎？聽有些同事在講，那位高刑警好像是D的樣子。」

「D……Dom嗎？」

「聽說是啦。不過我不是DS，所以分不出來，但既然隊長都覺得他的聲音特別了，那他應該是D沒錯。」

DS是Dom與Sub的縮詞，象徵著「支配」與「被支配」。

由於動物們不像人類，沒發展出完整且系統化的語言模式能有效溝通，主要還是靠氣勢、打鬥來彰顯地位。

在遠古的自然法則裡，在戰鬥中勝出者為王者，擁有絕對的交配權和控制對手的支配權，而落敗的一方只能淪為被支配的臣服者。隨著時間演進，「支配」與「被支配」成為動物族群深埋於骨髓的天性，這股天性被後世命名為DS基因。

獸人們也擁有DS基因，並將DS徵狀視為性成熟的第二性徵。

一聽到剛才的人類刑警是D，向來鎮定自若的艾萊恩也流露出些許吃驚的表情。

「人類的D嗎……那真的很稀少呢。」

「就是說啊，所以不管獸人還是人類，高刑警在我們院內的S群裡人氣超高喔。」護理長掩著嘴，偷偷看了眼拿傘回來的小護理師，露出竊笑道。

世界進入新紀元後，人類與獸人的的混血越來越多，歷經幾代血脈融合，近年醫學也檢測出人類體內也存在著DS的基因。

目前有DS基因的人類以Sub為多數，除了比較容易順從他人之外，他們與普通人無異。但擁有Dom基因的人類大不相同，不單智力與運動系統在平均值之上，甚至能像獸人一樣，說話時藉由聲帶發聲，自由控制體內的Dom振波，被科學界證實擁有進化的基因。不過Dom的人類非常少見，在各S族群中相當搶手。

莫非是因為他是人類的Dom，所以自己才從沒聽過這樣的聲音？艾萊恩疑惑。

「隊長，久等了，我挑了一把最大的傘，絕對夠你撐。」小護理師驕傲地舉起手中的戰利品，像在二手店挖到了珍稀之寶。

「謝謝妳。」

艾萊恩笑笑地接過傘，沒想到這時背後竟傳來彼得的聲音。

他的棕色眼珠隨著聲音看過去，發現彼得帶著綿羊獸人的孩子也趕到醫院。羊蹄踏在堅硬的大理石地板上，發出焦急混亂的聲響。

突然湧入一群孩子，急診室的醫護們又忙碌起來。

孩子們雖然嗆了水也有多處擦傷，幸好都不嚴重，簡單包紮後，一個個愁苦的小臉蛋又恢復了孩童的元氣。

「怎麼是你?邊牧小隊呢?」

艾萊恩對彼得的出現頗為訝異，他穿過擁擠的診間來到彼得面前，並詢問一同出勤隊員的下落。

「第七隊臨時有任務，在送醫途中路邊突然衝出一個人……」彼得講著，忽然環顧了一下四周欲言又止，沒繼續往下說。

見多識廣的護理長察覺彼得面有難色，便知事態輕重，於是催促兩人儘快回到崗位：

「隊長、副隊，你們快回中心吧!小羊們就交給我們，有事會通知你們。」

「謝謝阿長，再勞煩了。」

「儘管放一百萬顆心吧，快去忙!」護理長拍拍胸脯保證。

兩人感激地點點頭向護理長告別，一上車，彼得便自動匯報途中發生的事情。

原來是送孩子到醫院的途中，突然有一個幾乎全裸、蓬頭垢面的人衝到馬路中央攔車求援，對方疑似是一位遭受長期囚禁的S獸人。他發瘋似的不停哭喊，歇斯底里地控訴自己遭到D虐待，好不容易才趁機逃脫。

「據那人所言，還有許多人被關著，因為情況比想像中嚴重，所以邊牧們直接和轄區警員過去了，孩子由我接手送來。」

「這樣啊……他們今晚辛苦了。」艾萊恩深嘆一口氣，捏了捏凝重的眉心，「看來今夜有點難熬……」

語落，氣氛凝結，艾萊恩與彼得不約而同地陷入沉默。

獸人是介於人類與動物間的種族，大部分的獸人都帶有DS的天性，因此獸人們在步入青春期後，擁有S基因的人會相當渴望受到支配，以滿足性需求或是精神上的空缺。他們會不自覺地聽令於D，甘願受到D的控制，並心悅其中。

只不過有些S會過度依賴D帶來的歡愉感，為了討其歡心，無底線地迎合D的要求，進而在關係中出現權力側重的現象。

最好的情況是分手，壞的狀況則會演變成D單方面施暴的案件。因此每位S無不期望能尋覓到既符合自己喜好，身心靈又能給予滿足的D，然而這麼契合的配對只占少數。

近年DS的犯罪事件層出不窮，縱使救援隊三不五時就會遇到這類案子，但發生憾事總會讓救援人員心底難受。

回程的路上風雨漸漸轉弱，車內播放著舒柔的樂曲，不過艾萊恩的雙耳沒有接收音樂的空間，他所有的心思都掛在那薄薄門板後，如玻璃般清脆的嗓音。

在彼得延續了幾個無關緊要的話題後，艾萊恩藉機順勢另開新頭：

「提起DS事件，是說……我們轄區來了新人類？你知道嗎？聽說好像是D。」

「你說高刑警？」彼得再次確認。

「你知道他？」艾萊恩瞇起眼，顯得意外。

「你對他有興趣？」彼得反問。

「只是剛才在醫院碰到。」

雖然沒正眼看見就是了。話說到此，艾萊恩開始想像那名擁有Dom基因人類的外貌。

「他叫高轀。」彼得點頭，乾脆繼續說，「新入的警隊中人類只有他，不過他不是新人。上次勤務時稍微打過照面，好像幾個月前才申請調到我們這區的。」

「難得你會注意別人。」

「呵呵，難得你問起人類。」彼得舉一反三，微笑調侃，卻收到身旁人不以為意的挑眉。他聳聳肩，自顧自解釋道，「我想要不注意都很難吧？畢竟人類主動轉調到獸人為主的轄區很少見。」

聽見彼得這番話，艾萊恩沒說什麼，算是默認。他心知肚明，現實的確如此。縱使世界文明進入了新紀元，但仍有部分人類存著種族基因的偏見，認為獸人依舊存有獸性，是野蠻的族群。這個認知在公家機關裡尤為嚴重，因此大家普遍都將轉任獸人轄區視同降職，更別說主動請調。

艾萊恩雖不討厭人類，但也不感興趣，只是不知何故，那扇門扉外的聲音不停縈繞在耳邊，久久未散。

他不禁在腦海中，一遍又一遍嘗試勾勒出聲音主人的模樣……

而那個人又為何來到這裡呢？

第二章

救援綿羊獸人後的隔週，天氣久違地放晴。

晨間陽光和煦燦爛，讓人不敢相信幾日前還是烏雲密布，逼人憂鬱的溼雨天。雨水洗淨了都市汙濁的空氣，太陽下的景色格外清晰。

今天救援中心一大早就熱鬧非凡，幾十位綿羊獸人聚集於此，除了原本得到救援的綿羊父子一家之外，綿羊家族的眾多親戚也跟著到場。他們帶來許多禮物，搶著感謝艾萊恩與隊員們捨身救命的恩情。

「哎呀～～隊長啊～～真是謝謝你啊～～嗚嗚嗚～沒有你，我就要白髮人送黑髮人了啊～～」留著鬍子的綿羊爺爺激動地握著艾萊恩的手，一想到差點失去兒子、孫子，忍不住淚流滿面。

「都怪我！沒注意到孩子們，才讓他們遇到危險！！非常感謝隊長還有大家，還有那天接到我電話的先生……真的很感謝你們。」綿羊媽媽也哭紅了眼，不停鞠躬。

那晚她忙著哄怕打雷的小女兒，沒注意到幾個大孩子因擔心爸爸安危，居然自己出門尋找，之後聽到孩子的呼救聲時已經來不及了。

她慌亂之下急忙撥通救援電話，卻因為太驚嚇而變回羊形，只能無助地對著電話咩咩哀號，原本絕望地以為對方鐵定聽不懂自己講的話，沒想到電話的那一頭居然能聽懂獸語的意思，還派了隊長來拯救大家，簡直是天降奇蹟。

「就是啊，來來來，孩子們來！和大家說謝謝！」

「謝謝隊長、副隊長還有救援中心的大哥哥們——」

恢復元氣的綿羊爸爸一聲招呼，小羊們蹦蹦跳跳，來到爸媽身邊一字排開，禮貌地大聲道謝。

剛道謝完，其中一個男孩子立刻舉手喊聲：「以後我也要成為救援隊！」

「那我也要加入，幫助很多人。」

另一位小孩也有樣學樣，開心地報告自己的理想，大家紛紛描繪出自己憧憬的未來。

「那、那那我長大要當救援隊長！！」

突然，綿羊孩群中個頭最小的孩子發出最大的宏願。

夜雨滂沱那天，他看見奮勇跳入激流拯救爸爸的隊長，小小的心靈便萌發崇拜之心，覺得艾萊恩根本就是漫畫裡守護世界的英雄。

聽見孩子們的願望，艾萊恩泛起會心一笑。

「真的？那你要快快長大，變強壯才能當隊長喔！不過真困擾呢，要是你當上隊長，搶我工作怎麼辦呢？」

「那時候我會任命你為副隊長！！」孩子天真地回答。

兩人逗趣的對話惹得在場的人捧腹大笑，這場感謝會在充滿感激與歡樂的氣氛中落下帷幕。散會後，李里亞捧著豐富的水果籃回到辦公室，而此時桌上早已擺滿了各式各樣的食物。

「他們真的很熱情耶，推都推不了。」李里亞望著桌面上如小山一般的蔬果堆，圓潤的顴骨笑意滿滿。

李里亞是救援中心裡唯一的人類，因為精通各種動物的獸語，負責接線通報的工作，綿羊媽媽當晚的求救電話就是他接的。他一直認為接線就是個隱身幕後的工作，但沒想到今日綿羊媽媽竟然特地感謝接線員，當下他被感動得一蹋糊塗。

「綿羊一族很好客，而且非常有人情味。再說，這次能救援成功都是李里亞在第一線應對的功勞，不然羊的獸語，我們一個字也聽不懂。」艾萊恩一邊笑答，一邊對其他隊員說：「這些東西我們也不方便收下，大家沒意見的話，我們分給附近的育幼院和安養機構吧。」

艾萊恩的提議獲得認同，隊員們開始忙進忙出、分配物資，將收到的愛心發出去。就在這時，艾萊恩貌似想到了什麼，他把手上的紙箱封好後轉頭詢問李里亞：

「對了！李里亞，綿羊救援那天我出動之後……有沒有其他求救的電話進來？」

「沒有耶。」

李里亞頓了一下，立即搖頭。他對那晚的情況記憶深刻，因為本來坐鎮的彼得臨時趕去轉接孩子，中心裡沒有領導人讓他很是擔心，所幸之後並無重大的緊急電話進來。

「嗯，我也記得一直到我去接小孩之前，只有一通惡作劇通報。」彼得補充回應。

「這樣啊……」艾萊恩喃喃自語地點點頭。

今天綿羊一家的到來，讓他忽然想起那天晚上被送進急診的狼人。

按照彼得之後與他會合的說詞推斷，當晚除了綿羊救援，還發生了兩起事件，一件是彼得所提到的獸人半路攔車的DS囚禁案，另一件則是狼人受傷送醫事件。

雖說DS囚禁案媒體有追蹤報導，不過狼人的案子卻一點風聲都沒有。

照理說，既然都勞動刑警送醫了，就算是出於意外導致受傷，多多少少都會引來媒體關注才是，但這幾天新聞版面卻靜悄無聲……怎麼想都不對勁。

「怎麼這麼問？是發生了什麼嗎？」見到艾萊恩眉頭微蹙，彼得敏銳地發問。

「沒什麼，只是突然想起一件事。」艾萊恩毛絨絨的耳朵轉了一下，思索片刻後又說，「不是什麼大不了的事，只是總感覺怪怪的……」

「要不然說出來，大家一起想想，說不定會有頭緒？」

即便不清楚艾萊恩為何困惑，但彼得仍提出建議，希望能提供幫助。

「這個嘛……其實——」

艾萊恩打算述說時，救援中心的電話驟然響起，所有隊員猶如上緊發條似的立刻繃緊神經。

就在李里亞接起線的同時，猛獸淒厲動魄的嘶吼在耳機中炸開！

◆

一面高貴的盾型校徽鑲在金色的柵欄門上，銀灰的洗石子路從柵欄一路延伸到寬闊的中庭，連接至一座座用暗紅磚頭砌成的宏偉校舍，具有歷史感的青色屋瓦烘托出學院古典莊嚴的形象。

這是間位處於山中郊區的一所獸人與人類合班的中學，由於學風多元，師資口碑良好，是社區相當有人氣的名校。

擔任校內警衛一職的是救援隊退休的前隊長，黑豹獸人——伊凡，剛剛撥通救援隊電話的正是他。

艾萊恩將車輛停在黃銅鑄造的閘門前，引擎尚未熄火就急不可待地跳下車。

正值夏季假期，本該寧靜的校園此刻聚集了數名戴著口罩和手套的鑑識課人員，有負責拍照的人及測量、蒐證的人，他們在校門前來回穿梭，不時與一身藍色制服的警員交談。

風在樹梢間摩娑，空氣中瀰漫的血氣令人不安，濃重的血腥味顯示受害者傷勢嚴重。再走近一看，能清楚看到白鐵搭建的警衛亭被大片血跡抹成刺眼的紅，掀倒的椅子旁還掉了摔裂的手機。而警衛亭旁邊的封鎖線後方，有幾位教職人員圍觀，他們各個神情嚴肅，眼睛跟著進進出出的鑑識員來回移動。

艾萊恩見狀更加擔憂，腳步越來越快，最後小跑起來。

「先生不好意思，這裡閒雜人等不能進入。」站崗在封鎖線前的年輕警員伸出手，一掌攔下艾萊恩的去路。

「我是獸人救援隊隊長艾萊恩，剛才接到求助電話。」艾萊恩聳起肩膀，亮出獸人救援隊的臂章道明來意。

「這個……」

年輕的警員一聽皺起眉，臉色顯露出猶豫。

艾萊恩習慣性地掃了眼對方的工作證……金童鐘。真的假的？這是真名嗎？

「不是檢調單位視同閒雜人等，獸人救援隊也一樣。」

就在艾萊恩對警員的名字感到狐疑的同時，另一道男人的聲音由後旁的林間傳來，那宛如玻璃珠般透亮的嗓音使艾萊恩的心臟不由得一陣輕顫。

他下意識轉頭，看到一頭褐髮、戴著黑色口罩的男子，撥開阻擋在面前橫生的枝椏，從搖曳的樹蔭裡走出來，葉片綠影在他臉上閃忽，一抹清瘦的輪廓漸漸浮現於金色的陽光中。

成套黑色襯衫、西裝褲剪裁合宜，襯出勻稱的身版以及一雙筆直的長腿。額前蓬鬆的咖啡色瀏海稍稍遮住男人俐落有型的眉毛，口罩覆蓋住略顯蒼白的臉頰，微微上揚的鳳眼散發出不羈與優雅的氣息。

男人修長的脖領掛著刑警識別證，上頭漆黑的字跡印著他的名字。

——高韞。

艾萊恩頓時屏住了呼吸。

眼前這個男人，就是擁有Dom基因的男人。

艾萊恩的背脊僵直，緊盯著高韞胸前的證件，炯亮的眼睛眨也沒眨。只見高韞直接朝他們走近，打斷他們的對話。

「金童，我在後面的樹林間發現了幾枚帶血的鞋印，看來嫌犯是由那邊的小徑逃跑的。你帶幾個人去採樣，那裡是坡陡不好走，小心點，別破壞到跡證。」高韞在離他們數步的距離停住，對年輕警員下令。

看來真的叫金童鐘。

「是，學長。」

小名金童的警員五指併攏行禮後，立刻喚上幾名鑑識人員進入樹林蒐證。

直到一隊人馬逐漸消失在茂密的綠意中，高韞才將視線轉到艾萊恩身上。迎上對方露骨的注視，高韞倏地瞇起鳳眼，不客氣地打量艾萊恩問道：

「獅子？」

「是。」

察覺到對方嚴厲的語氣，艾萊恩慌忙收回有些出格的視線。

回答的同時，他竟感到手指微微顫抖，莫名有些緊張……不禁想起初次聽到高韞聲音的當下，也是緊張到立刻關上了門。

事後他曾猜想，自己會緊張，或許是因為生理上本能地對沒聽過的音質產生警惕的關係，而他把這種自然反應誤認為緊張。

不過現在艾萊恩認清楚了，這並非什麼警惕之心，自己只是純粹緊張而已。

可是為什麼會緊張呢？

雖然對自己異常的反應產生疑問，但此刻艾萊恩無心追究這份困惑，他現在只想搞清楚伊凡的那通嘶吼電話究竟是怎麼回事。

「我沒聽說有求助獸人救援隊的支援，請別妨礙公務。」高韞的語氣冷漠制式，話還沒說完就逕自轉身離開。

「但伊凡出事的時候，是打來我們中心求救的！」

情急之下，艾萊恩脫口出伊凡的名字。

「你認識受害者？」

高韞沒有折回來，只是回頭挑了挑單眉。

「伊凡是救援隊前任隊長。」艾萊恩如實告知與案件受害者的關係。

「他已經被送去醫院了，我們趕到時，他意識還很清醒。」

「那就好。」得知伊凡的狀況，艾萊恩鬆了口氣，稍微放下緊繃的情緒。

「嗯。」

這次高韞只是哼了一聲，隨即進入封鎖線內，沒給艾萊恩反應的空間。

◆

肉食系獸人散發出來的壓迫感指數有多高，在校門口採樣的鑑識人員今日有刻骨銘心的體會。尤其對方還是獅系獸人，釋出的魄力比盛夏的炎日還叫人喘不過氣。

頂著背後猛獸注視的壓力，鑑識人員的手一個抖得比一個厲害。

不曉得身邊的隊員是第幾次打翻指紋粉了，高轀實在看不過去，他無奈地嘆口氣，再次走向艾萊恩。

「你嚇到我的隊員了。」

「我並沒有妨礙他們工作。」艾萊恩用肯定的語氣否定了高轀的指控，並挪挪下巴比向前方的封鎖線，又比了比自己的腳，說明自己遵守本分，無半分越界。

「你不用值勤嗎？」

「我很想，但好像不被允許。」

救助中心是接到了求救電話沒有錯，但依法律，他們只有協助權，沒有執法權，當通報現場有警員在時，救援隊必須退居次位，聽從執法單位的指令行事。

「既然知道就請回吧，慢走不送。」

知道艾萊恩的說法成立，高轀索性直接下了逐客令。

「按照地界劃分的標準，這裡是獸人管轄的社區，可是發生案件卻只有人類到場，怎麼看都不尋常吧？」看對方無意解釋，艾萊恩直接攤牌說出自己的疑點。

自從人類與獸人混居後，但凡發生與獸人有關的案件，一律是由兩方人員參半調查，只有特殊情況才會交由任一方全權處理。照常理，今天出現獸人被害者，掌管案件的負責方應該是獸人才對，但人類警方出乎意料地迅速到場……

「既然只看到人類，就表示這裡沒你的工作。」高轀回應得簡潔明瞭。

「如果純粹是單一偶發事件，我當然給予尊重。不過上星期才有狼族受傷，這次又是豹族，很顯然是衝著獸人的針對性案件。尤其出事的是我們前隊長，我更無法坐視不管。」多年救援任務培育出來的敏銳度令艾萊恩直覺兩起案件絕對有關連。

「……狼族的事是誰洩漏給你的？」

青楓葉的樹蔭灑落在高韞臉上，艾萊恩有些看不清楚他現在的表情，只看見他耳垂上耳環的反光。但由高韞的回應來看，艾萊恩確定事件中暗藏隱情。

「我當天在醫院。」艾萊恩坦言。

一旁的樹梢傳來吵雜的蟲鳴，不過艾萊恩與高韞的周圍卻感覺異常安靜。過了不知幾分鐘，高韞才慢慢抬起頭，正式直視艾萊恩微微皺眉的雙眼。

「……是喔，所以呢？」

「所以伊凡為什麼會被襲擊？伊凡不是會與人樹敵的人。」

「無可奉告。」

已經說得如此明白，高韞卻仍然隻字不提，冷言冷語的態度澆熄了艾萊恩的禮貌，他的滿腔疑惑與不安逐漸轉為惱火。

「就算我不插手也有義務知道。」

見到高韞轉身就要走，情急之下，艾萊恩一把掐住高韞的肩膀。

「我都說了無可奉告，你識相點！」

高韞斥聲喝止。儘管他戴著口罩，看不出肌肉表情的變化，可是一雙銳利的深灰色眼珠宛如刀刃上的反光，透出暗藍色的鋒芒。

旋即，艾萊恩感到無形的壓力壟罩，整個人彷彿被利刃刺穿腳掌，定在地上動彈不得，一股陌生又強烈的欲念直鑽入腦，他的身軀隱隱顫抖，逐漸失去沉穩的神態。

與此同時，高韞的肩膀驟然感覺一陣抽痛！

他轉頭朝痛處看去，只見艾萊恩鋒利的獸爪撩破他的衣服，在肩上刮出淺淺紅腫的痕跡。像是訊號不良的網路一樣，過了好幾秒，鮮紅的血珠才從劃開的皮膚與爪縫中一滴一滴冒出。

「呃……那個……高刑警？您……您您還好嗎？」

後方的鑑識人員聽見兩人發生衝突，一時間被嚇得手足無措，但誰也不敢貿然靠近，只好站在遠處戰戰兢兢地詢問。

「我沒事，只是大聲了點而已。你們繼續。」

高韞平靜地回答下屬。臉頰維持著看向自己肩膀的姿勢，一雙鳳眼緩緩移視艾萊恩。

「還不放手？」

高韞擰眉，瞪著艾萊恩。

與先前冰冷、帶有距離感的氣息不同，此時的他散發出一股沉重的壓迫感，彷彿從四面八方的空間不斷朝自己擠壓而來，讓艾萊恩陷入些微恐慌。

面對突然其來的意外，艾萊恩腦中一片混亂。他震驚地看著指尖迸發出來的獸爪和血絲，不知自己為何會無意識地獸化，因為他並沒有傷人的打算。

「我……我很抱歉……」

沉默半晌後，艾萊恩緩緩放開掐住高韞的手。

奇妙的是，就在他鬆開手的那一刻，罩頂的壓迫感也隨之散去，下一秒他體內竟湧現一波甜潤的感覺。

那股甜潤像是微澀的清茶通過喉嚨後，舌尖回甘的滋味。

瞬間，他的大腦像啟動了某種機制，希望再次品嚐那股甘甜。

艾萊恩的思緒紛亂雜沓，但他對這股感覺並不陌生。

這股對甘甜滋味的渴望，是對情欲的渴求。

他發情了！

對一個人類！！

面前的人好看的鳳眼微微抽動，用審視的眼神看著艾萊恩，一路從鋒利的手爪，逐漸浮起的青筋，再到長出粗糙獸毛的手臂，最後停在那雙因震驚而顫動的眼珠。

高轀的眼眸彷彿擁有透視的魔力，一吋吋將艾萊恩看得徹底。

看得他無從躲藏。

片刻的凝視後，高轀開口：

「我說你……該不會是**Sub**吧？」

獸人的Sub在第二性徵初次顯化時，通常會誘發猛烈的發情。繁殖的本能會占據理智，最嚴重的情況便是不可控的獸化，變成為交配而性愛的野獸，直到欲火消退。

很顯然，艾萊恩此時正處於這樣的狀況。

而他獸化的情形正如蔓延的火勢難以抑制，高韞見狀，趕緊將艾萊恩帶進校園裡一間僻靜的更衣室。

午間烈日照耀，陽光一道道穿透鋁製氣窗，打進幽暗空蕩的更衣間。半開的置物櫃門板因風吹而擺動，生鏽的金屬門片摩擦出斷斷續續的粗糙聲響。

艾萊恩倚靠著牆，跪在地板上，發出粗重的呼吸，克制情欲與獸化使他氣喘難耐。嘶啞又曖昧的喘息聲起伏在塵埃懸浮的燥熱空氣中，於夏季無人的校園裡聽起來分外搔耳。

至今為止，艾萊恩不曾碰過人類，也從沒對人類產生過任何一點欲求，但此刻他居然萌生了將高韞占為己有的念頭！

本能一點一點地侵蝕理智，艾萊恩知道自己徘徊在獸性爆發的邊緣。

高韞走到飲水機前抽出紙杯汲水，另一手在胸前的口袋中摸索，拎出一排藥片。接著他將水與藥遞到艾萊恩面前。

「這裡是獸人的社區，你不想引起騷動就乖乖吃下去。」

「別管我！」

陌生的化學味竄入鼻間，讓人反胃，艾萊恩反射性地抿緊嘴唇，嫌惡地斜看了眼面前的膠囊。

「這只是專門開給S的鎮靜劑，怎麼？沒吃過？」

「你、你一個D隨……隨身帶這個？」

艾萊恩發出質疑，完全不願意接受。

高韞離他越近，他越難以呼吸，胸腔起伏逐漸加劇。

「當然是因為工作需要，比如遇到你。」聽到艾萊恩的疑問，高韞開玩笑似的聳肩，「你應該很清楚抗拒是沒有用的，在本能面前，『理智』就是一個學過的單字而已。」

「我……拒絕來路不明的……藥物……」

白森的獠牙刺出，額頭上的冷汗不停流下，顯示出艾萊恩即將瀕臨極限。

「呵，你怎麼會覺得你有拒絕的權利？」高韞發出輕笑。

「不要靠近我！！」

艾萊恩兩眼發直地破聲大吼，激動地打翻水杯。

「很可惜，你的命令對我無效。」

遭到一聲猛烈獅吼，高韞非但沒有退縮，眼神反而更凌厲。他俯視著跪在面前的男人，拿著膠囊抵在男人緊咬至滲血的唇邊，下達不容反駁的命令：

「張開你的嘴，吃下去。」

黑色的口罩遮住高韞大半張乾淨的臉龐，卻更顯得下顎削尖有力。從窗外投入的光束折射在那一雙微揚的鳳眼上，經過口罩的襯托，散發出令人不覺而慄的氣息。

這股氣息不可思議，高韞的聲音更猶如一支強勁有力的弩箭，一擊命中艾萊恩的心臟。弩箭的前端彷彿抹了麻藥，一下子麻痺艾萊恩的感知。

這就是Dom。

艾萊恩仰望著高韞如深海般藍灰的眼珠，靈敏的獸耳聽見對方的話語中，隱隱含有與凜冽語調不相合的柔軟嗓音。那潛藏在冰冷語氣中的音質似飄散的柳絮，一絲一絲摩擦耳根，流進體內，不斷撩撥著體內潛伏的欲望。

艾萊恩渾身顫抖，強忍著繃到極限的獅爪，企圖將躁鬱的感受強壓下來。超出極限的克制逼得他額間沁出滴滴冷汗，質感高貴的深紅色髮絲逐漸被欲望的汗水浸溼。

「第一次服從人嗎？真難為你了，艾萊恩隊長。」

見艾萊恩面露牴觸，高轀也沒有要退讓的意思，他強勢地湊上前，並伸出拇指大力撬開他的嘴，將膠囊塞進艾萊恩口中。

「快吞下。」

艾萊恩口腔裡微燙的熱度透過軟舌，緩緩沁入高轀冰涼的指尖。同時尖銳的獠牙劃破高轀的手背，滲出滴滴暗色的鮮紅。

「不愧是獅系獸人，牙真利……」

高轀手背吃痛，漆黑的口罩底下卻似乎露出一抹笑意。

艾萊恩棕色深邃的雙眼顫動，此刻他發現他的全身關節、每一吋肌肉、每一條神經彷彿不是自己的，他就像是一尊被牽著細線的人偶娃娃，一舉一動都操之在高轀的掌心。

他惶恐地發現，自己的喉嚨正在努力達成「快點吃下」的命令。

艾萊恩倒抽一口氣，鬆開了唇，突發高漲的情欲使他呼吸紊亂，心臟也因高轀手指的入侵跳動得更加劇烈。

卡在顎間的膠囊導致他頻頻作嘔，難以做到吞嚥的指令。高轀見狀，瞇起細緻的眼眸，修長的手指不由分說地再往艾萊恩口腔裡探入，強行將藥物推進他乾澀的喉道中。

被人控制的窒息感猶如陷入流沙般淹沒艾萊恩，失去自由的恐懼被放大，但同時，吞下藥物完成服從的瞬間，艾萊恩明確地感受到身軀不再沉重，積壓在腹部的莫名躁動竟也逐漸淡去……

身體獲得一絲舒緩，艾萊恩伏趴在地上不停喘息，試圖讓呼吸調整回平常的節奏。

他不得不承認，服從指令後的感覺令他好受許多……甚至，腦袋還有些飄飄然……

這就是Sub完成命令後的感覺嗎？

此時，艾萊恩感覺像喝了整瓶花馥香濃郁的利口酒，大腦浸泡在香料、糖漿與酒精所釀融出來的迷濛醉感中，分不清眼前與意識。

見艾萊恩眼神開始朦朧，因發情而刺出的利爪逐漸收攏，高韞笑了笑，蹲下來撫摸艾萊恩因汗水染溼的褐紅色髮梢，手指輕柔地替他梳理凌亂的毛髮。

「這款鎮靜劑的藥效發揮很快，不用三分鐘你就會好很多。」

不知是不是錯覺，艾萊恩覺得高韞此刻的聲線比方才更溫軟一些，使他頭暈目眩。

微暖的掌心在艾萊恩的後腦及獸耳上遊移。貓科的本能讓他貪戀這樣的愛撫，無意識地抬起頭，迎合著高韞手掌的方向磨蹭。

然而下一秒，艾萊恩便驚覺自己舉止失態。

「走、走開！！」

艾萊恩打掉高韞纖細的手，吃力地翻身躍起，卻因暈眩而重心不穩，狠狠栽到置物櫃上，發出巨大的匡啷聲響。

「就說你的命令對我無用了，萊恩隊長。」

高轀輕笑幾聲，歪了歪頭，再次走近對方，微笑地扣住艾萊恩的下巴。

不料，手指卻感受到跌坐在地上的男人回升的體溫。

只見艾萊恩原本收起的獸爪再次出現，在地板刮出數道怵目驚心的爪痕。

「一個鎮靜劑果然不夠嗎？獸人第二性徵的發情真是驚人！」

高轀一手掏出膠囊鋁片，確認沒有殘劑後將空的鋁片隨手彈進垃圾桶。他本想攙扶艾萊恩起身，卻被對方扭身躲開。

「做、做好你刑警、刑警的職責就好！我不需要……你管，發情會自己……退……」

艾萊恩的喘息裡夾雜著含糊的低吼，簡短的話都無法敘述完整。

他甩了甩頭，讓自己清醒。他知道自己必須遠離高轀這個人，否則……

「平常我可以不理你，不過你今天顯然無法靠自己吧？」高轀看了一眼艾萊恩欲望頂撐的下腹，「況且你都勃起了。我們速戰速決，這提議你覺得如何？」

「什麼……如何……」

「我們做吧。」

高轀一邊說一邊動手解開襯衫，露出一副誘人的鎖骨。

而這四個字宛如魔咒，聽得艾萊恩又麻又熱。見對方褪去衣褲，艾萊恩明顯感覺到下腹的欲望不斷膨脹。

開什麼玩笑！！

艾萊恩激動地掐住高韞的手腕，奮力想擺脫制約的感覺。然而——

「放、手。」

高韞透過口罩吐出的音調不急不緩，相當平淡，卻釋出一股比剛才都銳利的穿透力。

他的聲音侵入雙耳，急速吞食艾萊恩全身的能量，使他瞬間脫力。

「我想你應該比誰都了解，獸人天生的基因比人類更難抵擋本能。你已經發情了，既然用藥壓不住，那就只能做了。」

「我……」

「不想給人添麻煩就聽話。」高韞豎起食指，輕輕敲擊艾萊恩心臟的位置，繼續道：「看來你沒搞清楚，這裡沒有**我**，也沒有**你**，只有**D與S**。」

對方似琴撥弦般的聲音徹底震撼了艾萊恩的最後一絲自持力。他壓制不住內心那股遵從高韞的渴望，與高韞四目相接的瞬間，艾萊恩徹底明白自己真的是S。

臣服**Dom**的命令，身心感到被支配的歡愉，這就是**Sub**。

身為獸人，艾萊恩從沒想過自己有一天竟會被人類支配……

聽到自己的喘氣聲越加粗厚，艾萊恩的眼神不自覺地聚焦在高韞的下身。只見高韞俐落地踢掉底褲，張開腿迅速跨上艾萊恩，兩手同時撫弄起自己前後的敏感處。

接著，細碎如揉沙的吐息漸漸由高韞口罩的縫隙中流洩出來，如鳥兒展翅般的鳳眼勾畫出一道妖嬈的神情。

「想進來嗎？」

高韞問道，一邊伸手解開艾萊恩的褲頭，拉下釦鍊。

前開式底褲曝露在眼前，鼓起的前端溼了大片。高韞撩開薄薄的布料，壓抑許久的硬物便立刻彈跳出來，昂然聳立在胯間。

淡青色的筋脈環繞著艾萊恩的性器，未經愛撫的前端不斷冒出性愛前奏的汁液。高韞輕扯下嘴角後開始晃動腰肢，用自己的性器抵磨對方粗挺的陰莖。

艾萊恩的腰部隨著摩擦的頻率跟著擺動起來，兩人熱燙的體溫重疊在一起，敏感的頂端每摩擦一次似乎就腫脹幾分，最後到了疼痛的地步，吐息越來越重，棕色的眼眸因情欲而變得水潤。

他抬眼望向高韞，好似在哀求他的允許。

收到艾萊恩眼神的詢問，高韞伸手搓揉艾萊恩垂塌的獸耳，附在他耳邊悄聲呼喚他的名字。

「回答我，萊恩，想進來嗎？」

高韞的語氣既像是對戀人的邀請，又像是上位者強令交出答覆一般。隱藏在口罩下、看不見的表情似乎勾出一抹逗弄的笑意。

聽到高韞再次詢問，艾萊恩不得不正視自己勒停不住的欲望，模糊之間，漸漸被眼前的人類所支配……

「……想……」他如實回答。

此刻的他像隻乖巧的貓咪。

「那就配合我。」

高轀笑了，他的聲線柔和下來，兩眼彎成新月迷人的弧度。他攀住艾萊恩的頸部，曖昧地在敏感的獸耳旁吐出命令般的邀約。

艾萊恩的一雙大掌撐起高轀纖瘦的腰，順從地頂起下腹，將粗硬賁張的欲望抵上高轀柔軟的臀間。

手指撫弄過的嫩口向外微開，艾萊恩充血的分身一靠上，立刻像被吸含進去似的，一點一點沉入高轀體內。

比手指更炙熱碩大的物體擠入體內，伴隨壓迫感逐漸深入，高轀微微皺眉，氣息從屏息轉成微喘，直到兩人無縫相合的瞬間，喘息聲化成一陣陣撩人的嚶嚀。

「啊哈……嗯啊啊……嗯……」

肉體拍打的響聲也隨之而起，快感一波波由體內狂捲而上。艾萊恩的心魂成了配合高轀的命令，不斷擺動腰腹的野獸。

在一連串猛烈的撞擊下，高轀黑色的衣衫滑落，骨感消瘦的肩膀暴露在空氣中，因情欲泛紅的乳尖接觸到空氣變得尤為挺立，與深色的衣著形成鮮明的對比。

艾萊恩一眼心醉。

本能驅使他張開口，吸吮高轀胸前誘人瘋狂的紅果。

他厚實的軟舌貼上胸口，貓科舌面特有的倒刺刮過高轀敏感的乳頭，遭針刺一般炙熱發麻的感覺瞬間由皮膚竄入到四肢百骸，惹得高韞渾身輕顫。

乳頭被舔咬得又紅又腫，高韞舒服得環抱艾萊恩的頭，身軀微微後仰，將胸口貼近艾萊恩的臉頰，迎合著對方舔舐自己。

這份主動對艾萊恩無疑是最佳的鼓勵，埋在對方體內深處的性器持續膨脹聳動。

此時本能徹底凌駕理智，激烈的交合聲響徹在悶熱的更衣間中，艾萊恩彷彿燃燒起來，肌肉迸張的腰桿猛力頂撞高韞緊窄的後穴。

獸人的爆發力驚人，艾萊恩扭動下腹，不斷撞擊高韞發紅的臀瓣，每次的撞擊都讓高韞向上彈起又落下，而每一下都讓艾萊恩的凶器前端戳刺進對方體腔內更溼、更軟的位置。

斷斷續續的嚶嚀逐漸變成令人暈迷的呻吟……

午後林間吹起涼爽輕風，撫靜兩人情欲擾動的體溫。

高韞披上襯衫，緩緩起身，而他只走了幾步，黏稠的乳白色液體便從臀瓣溢出，滴落到兩腿之間。風暴般的發情讓艾萊恩在他體內釋放出一波又一波的欲望。

他緩步來到更衣室附設的洗手槽旁，開始簡單地清理下身。艾萊恩看到本想幫忙，卻被高韞回絕了。

「已經沒有鎮靜劑了，小心等等沒完沒了。」他沒看對方，低頭自顧自地清洗起來。

聽到高韞的提醒，艾萊恩吞了吞喉嚨，默默轉頭刻意別開視線。

高韞說得沒錯。光是瞄見他扳開臀瓣，清理自己所遺留痕跡的畫面，剛獲得釋放的下腹又隱隱開始竄動。艾萊恩壓下熱度，努力搜尋戶外任何他感興趣的事物，好轉移注意力。

他倚坐在窗邊，看著平時喧鬧的校園中庭此刻只剩成片碧綠色的樹影，與窗框搭配出一幅似油彩般靜謐的畫面，漸漸地，因躁動高升的體溫冷卻下來。

耳邊傳來陣陣水流與衣物的摩娑聲，當高轀再次開口時，他已經穿戴整齊，裝了杯水走到艾萊恩身旁。

「拿去，你要是休息夠了也快點回去吧。」

艾萊恩睜大眼看著水杯，內心困惑高轀的舉動。

在他的邏輯裡，激情完後遞上水應該是紳士的任務才對，多年來艾萊恩都盡職於這項任務。然而今日被反之對待，他頓時有些不知所措。

高轀只是對他露出一副莫名其妙的表情，彷彿在回應他：這有什麼好訝異的？

「喔、嗯……謝謝。」

不知是不是因兩人相合而產生親密的錯覺，艾萊恩總感覺高轀的舉止不像先前那般冰冷。

想到對方也是男人，有這樣的習慣是情理之中，艾萊恩快速整理好內心的情緒後接過水杯，誰知高轀也跟著一起蹲下來。

「辛苦了，你很棒喔。」說著，高轀搔了搔艾萊恩的下巴，稱讚的話語勾魂攝魄，似乎還混著一點甜甜的感覺。

私密的喉間無預警地被觸摸，艾萊恩本該有所牴觸才是，可這瞬間他居然瞇起眼睛，順著高轀搔癢的指尖抬高下巴，發出舒適的呼嚕聲！

由於獅子與家貓發出的呼嚕聲不太相似，大型貓科的呼嚕音質更偏低沉，聽起來像是汽車引擎發動的聲響。

一聽見自己渾厚的呼嚕聲，艾萊恩嚇了一跳，立即意識到自己對外人搔癢的反應異常，他立刻乾咳幾聲縮回喉嚨，想掩飾內心的尷尬。

「嗯咳、咳——！」

見到艾萊恩驚慌的樣子，高轀沒有戳破，他只是發出一聲非常細微，介在鼻音之間的輕笑後離開了更衣間。

周圍隨著高轀遠離的腳步聲變得寧靜，可空氣中性愛後的氣味仍相當濃厚，有他的，也有高轀的。

下巴上似乎還殘留著對方手指的觸感……隨著清水一口接一口流入喉間，勾起他對甜味的渴望。索求回甘滋味的欲念像是填不滿的無底洞，心底抑制不住想再見一面的想法。

原來這就是嚐過與Dom歡愛之後的感覺。

今日以前，家教嚴謹的艾萊恩不曾經歷這般放縱的行為，也不曾留戀過哪個人身上的體溫。但從此刻他了解到，自己往後必定會時常想起今天這場性愛與那個名叫高轀的男人，以及他稱讚自己的聲音……

原來這就是Sub本能的欲望。

第三章

「關於檢測結果，確認是S無誤呢。」

頭髮灰白的醫師推了一下鼻梁上的黑框眼鏡，抬頭看著艾萊恩，把報告結果交給他。

「果然嗎……」盯著手中的紙，艾萊恩吶吶地說。

「你看起來並不驚訝呢。」

「我小學的時候有出現疑似S的徵兆，不過後來檢查顯示沒有，當時醫師給的判斷說有可能是青春期的假性症狀。」艾萊恩解釋道。

「喔喔喔，是這樣啊。」醫生喃喃自語點頭，接著問，「所以說，之後沒有因為S症狀發情過對嗎？」

「呃……是。」

「喔喔喔，原來如此。不過體質是會改變的，DS基因的轉化，現今醫學觀點還是滿保守的。有人擁有DS基因卻從沒有因此發情過，但也有人成年後，甚至快到中年才因體質轉換觸動DS的發情機制，總之有很多可能，你不是特例喔。」

醫生一邊詢問，一邊快手敲打鍵盤，輸入病歷，「是說，你發情前有發生什麼特別的事嗎？」

「特別的事？」

艾萊恩抖了一下耳朵，顯然沒聽懂醫生的問題。

「譬如有遇到什麼人嗎？」

「遇到……什麼人？」

一聽到醫生的提示，艾萊恩的腦袋浮出一對銳利勾人的鳳眼。

「哎呀，畢竟觸動S基因最常見的就是遇到喜歡的D嘛，愛情的賀爾蒙真是神祕呢。」醫生曖昧地笑了一下，「如果有的話，我會建議與D建立聯繫，這是最自然的方式，沒有的話就是選擇鎮靜劑，有口服或是注射。不過鎮靜劑有潛在的副作用，不吃當然比較好。」

喜歡的D？

自己喜歡高韞嗎？

艾萊恩愣了好一會，內心暗忖，自己連高韞確切是長什麼樣子都不知道，不知該如何歸納對他的感覺。

「我們有院內有專門幫忙配對DS的機構，不過因為你是獅系獸人，配對可能不是那麼好找。」醫生看了眼艾萊恩會心說道，講完露出一抹不失禮貌的笑容。

畢竟大眾對肉食系獸人還是有刻板印象，更何況是獅子，因此心有忌憚而拒絕與肉食系獸人配對的D也不在少數。

醫生又敲擊了幾下鍵盤，接續道出多年行醫的見解。解釋或許是因為艾萊恩身為獅系獸人，成長過程中本就比較少遇到強勢的人，出社會後又因職位的關係，成為發號施令的一方，

Sub的基因便一直沉於體內。

艾萊恩安靜地聆聽，不否認這樣的推測。

只是這份深藏的本能，如今卻被一個人類勾起。

「剛剛說的DS配對……肉食系獸人平均會等多久呢？」

「這個嘛，我記得起碼一年多起跳，如果您有適合的人選也是可以的。」

「啊不……那個……」艾萊恩瞬間感到下巴莫名搔癢，一下子口乾舌燥起來，「麻煩您開給我鎮靜劑好了。」

「當然沒問題，由於你工作的關係，我可以開一個月的處方籤給你，但DS性徵顯現後就是一輩子的事，建議找一位固定的伴侶才是對身心最健康的方式喔。」醫生語意鮮明地眨眨眼。

「我、我了解了。」

艾萊恩抓抓脖子，有些不好意思地低下頭。

醫生接著交待了例行事項，幾分鐘後結束問診，艾萊恩安靜地步出診間。剛關上門，一顆小腦袋就急忙湊到眼前。

「隊長怎麼樣？你還好嗎？」

只見李里亞一臉擔憂地詢問。

「沒事，往後就是吃藥解決。」

「所以隊長真的是S嘍？」李里亞一邊說一邊用手指比畫S的字符。

「嗯。」艾萊恩點頭，「抱歉，你休假還讓你陪我跑一趟。」

李里亞身為救援隊的接線員，與艾萊恩同事相處多年。那天艾萊恩接到黑豹前隊長的求救電話後，立刻激動地像閃電一般衝了出去，可回來時與隊員轉述事件的情緒卻十分平淡，反應落差之大。

爾後幾天，艾萊恩的臉色乍看似乎無異，不過有時卻會莫名焦躁、容易小題大作，隊員們紛紛調侃他是不是提早進入中年危機了。

不過艾萊恩的這些轉變看在李里亞眼裡另有一番解讀。身為S的他機敏地察覺出不對勁，在旁敲側擊之下，艾萊恩才間接道出那天與高韞一時走火的事。但他說得委婉，並沒有指名道姓，只簡單敘述了對方是人類，並坦承自己很有可能是S。

雖說結果八九不離十，不過李里亞還是建議艾萊恩到醫院做完整的檢查比較妥當。否則情緒會因賀爾蒙的影響越來越難控制。

「別這樣講啦，是我自己愛擔心，硬跟你來的。」李里亞的微笑停頓了一下，接著躊躇問道：「想問一下……隊長家中會在意S嗎？」

「什麼意思？」艾萊恩不解。

「那個，呃……我的意思是說……你家裡的人會……對S有不一樣的看法嗎？」

聽出李里亞的弦外之音，艾萊恩露出溫柔的笑容答：「我是獸人，所以不清楚人類是怎樣看待S的，不過對獸人而言不論D或S皆是本性。我想，彼得的家人應該沒人讓你有不舒服的感覺吧？」

「這麼一說，的確是沒有啦。」

提及戀人，李里亞一下子紅了臉。

「是吧。」艾萊恩聳聳肩，將目光移到手上的藥單順勢問起，「對了，李里亞，你吃鎮靜劑會有副作用嗎？聽醫生說副作用的輕重情況因人而異，想問你發生過很嚴重的情形嗎？其實我滿擔心副作用的，不知道之後會不會影響到出勤狀況？如果很嚴重，現在輪班的規則就必須調動了……」

艾萊恩叨叨絮絮、一本正經地說個不停，沒有注意到身旁的李里亞已經羞得快埋進地底了。

「那個……隊長……」

「怎麼了？」

「我、我、我沒有吃過鎮靜劑，所以沒辦法回答你，對不起……」李里亞用蚊子都聽不見的聲音小聲呢喃。

「啊！抱歉。」

見到李里亞的臉頰、耳垂、脖子都變成似煙火的真紅，艾萊恩才意識到自己的問題有些不妙，尷尬地搔了一下耳朵。

「哎呀，不說這個了，既然我們都來了，是不是該一起去探望一下伊凡大隊長？」李里亞誇張地揮手轉移話題，「我常聽隊員們提起他，但我都還沒見過本人呢。」

「大隊長現在謝絕訪客。」

其實艾萊恩本也有如此打算，所以在出門前打電話給大隊長的太太，表明想去探望大隊長，不過對方以入院期間需多靜養為由，婉拒了艾萊恩。

「這樣啊，那只好出院後再去探望了。隊長你休息一下，我去幫你領藥喔。」李里亞一邊說，抓過艾萊恩手上的藥單，轉頭一溜煙跑走了。

艾萊恩知道李里亞是想緩解尷尬，於是也沒追上去，選擇獨自坐在候診區等待，醫院特有的消毒水氣味充斥鼻息，害他擤了好幾次鼻子。

身旁少了嘰嘰喳喳的小動物，艾萊恩的周圍一下清冷不少，他無聊地轉動眼珠環視候診間，視線掃過人來人往的民眾、重新粉刷過的牆面、先進的螢幕背板，最後目光定格在一座裝飾的拱門型落地窗上。

艾萊恩凝視著落地玻璃中自己的身影，思緒不禁倒回多年前的一場救援中……

而那時，他還只是個孩子，就坐在這張椅子上哭泣……

◆

放學鈴聲響起，同學們一哄而散，艾萊恩則拿出掃具開始打掃教室。

今日是他升上四年級後第一次輪當值日生，掃除完後，艾萊恩拿著認真分好的回收物走到垃圾場，滿心期望明天在連絡簿上得到一枚亮晶晶的榮譽貼紙。

只要他在學校獲得一枚榮譽貼紙，媽媽就會獎勵他一包小熊軟糖，久而久之，收集榮譽貼紙成了艾萊恩的習慣，若有得到貼紙的機會，他都會努力完成任務。

不過就在艾萊恩剛倒完垃圾轉身時，就被一群怒氣騰騰的人堵住了去路。

「喂，你是艾萊恩吧？」

站在中央帶頭的人類男孩跨前一步，雙手插腰，語帶不屑地問艾萊恩。

「呃……對。請問……」

艾萊恩瞄見幾個男孩胸前繡著高年級的學號，心中升起一絲不安。他不認識高年級的學長，不知道對方態度為何那麼不友善。

「跟屁蟲艾萊恩，你的屁股是不是真的有蟲啊？」

什麼？這個人在說什麼？

艾萊恩不可置信地瞪大眼，無法理解初次見面的人為何口出惡言。

「你是誰啊？你們有什麼事嗎？」

即便帶頭的孩子王言語間滿是惡意，讓艾萊恩相當不舒服，但他還是盡量維持基本的禮貌。

在外面和人相處要穩重、自信、有禮，這三項是媽媽每天耳提面命的獅子家族的家教。雖說小小年紀的他還不懂這些詞彙深沉的意思，不過艾萊恩盡力做到自己所能理解的極限。

「我叫羅素！你最近很喜歡來找我們班的蕾夢對吧？你喜歡她嗎？」

羅素指著艾萊恩質問。

「不，不可以嗎？」艾萊恩深吸一口氣，穩穩踏住腳底，抬頭挺胸反問。

「當然不可以，因為我喜歡蕾夢。」

六年級古蕾夢是艾萊恩在社團認識的人類女孩，由於她周圍的朋友都叫她小夢，於是艾萊恩也有樣學樣地跟著叫她小夢。

艾萊恩很喜歡小夢笑的樣子，每次見到小夢圓圓軟軟像泡芙般的笑臉，艾萊恩的心情總會變很好。如同所有情竇初開的男孩一樣，就算在課堂上遇到一些困難，只要想起小夢的微笑，艾萊恩總能將煩惱一掃而空，心情開懷起來。

於是艾萊恩下課有空便會三不五時去找小夢聊天，希望與她更親近。

「警告你，不准再找蕾夢了。」羅素恐嚇道。

「我要不要找她跟你又沒關係，小夢又沒說喜歡你。」艾萊恩反駁。

「誰說小夢不喜歡我？你這不要臉的跟屁蟲！」

一聽到這句話，羅素漲紅著臉氣急敗壞，他本想警告一下，沒想到艾萊恩會如此直言反駁，讓他面子掛不住，立刻暴跳如雷地大吼大叫起來。

「對啊！對啊！跟在女生屁股後面噁心的跟屁蟲！」

「艾萊恩跟屁蟲！跟屁蟲艾萊恩！」

這時，旁邊的人看孩子王破口大罵也跟風幫腔，瞬間惡意如箭一般刺痛艾萊恩。

他終於忍無可忍，撿起地上的空罐砸向欺負他的孩子。遭到反擊，羅素一群人再也無法控制情緒，紛紛拿起垃圾往艾萊恩身上丟。

「我、我、我才不是跟屁蟲！！我一點都不噁心！」艾萊恩憤慨又焦心，他並不認為自己做錯任何事，頑強地與眾人對抗，幾人扭打成一團。

不過才十歲的艾萊恩哪經得起高年級學長的圍攻，原先鎮定的氣勢頓時弱了下來，而羅素察覺艾萊恩有所退縮，囂張的氣焰高漲，憑著人多勢眾，他猛力揮了他一拳。

縱使艾萊恩是獅系獸人，但還是比高年級的孩子們小一號，被人使勁揮拳就瞬間頭昏眼花地跌坐在地。

或許是看見獅子獸人跌倒的模樣讓圍攻的人感到優越，沒一下子，對艾萊恩的推擠攻擊轉成一頓拳打腳踢。

「跟屁蟲艾萊恩，我來檢查你屁股裡面到底有沒有蟲好了。」羅素不懷好意說著便伸手扯下艾萊恩的褲子，一票人戲謔地揪住艾萊恩的尾巴。

「你們幹嘛？不要碰我的尾巴！！」

尾巴一直是艾萊恩自信的來源，但現在卻成為他最大的弱點。

一切轉變得太突然，艾萊恩的尾巴被許多人掐住，他想逃跑卻跑不了。幾次掙扎未果又被摜倒，整個人摔在地上的痛感讓他說不出話來。

無助的艾萊恩內心萬分恐懼，只能蜷縮在地上任人踢打。

此刻他多想像爸爸一樣獸化成威猛的獅子，這樣就能嚇嚇傷害他的人了。無奈他還小，尚未完全掌握獸化的訣竅，就算成功獸化也是隻小不點，根本起不了威嚇的作用。

而孩子王一群三人成虎，無法無天，沒了分寸，其中一個人為了獲得羅素的青睞，竟然從回收箱裡翻出一支斷柄的剪刀，亮在大家面前！

「嘿！羅素，我們用這個給他好看！」

「對！給他好看，讓他知道我們不是好惹的。」

虛榮是被人們簇擁起來的。

旁人的提議越來越大膽，在群眾起鬨之下羅素也更加放肆，他接過剪刀朝艾萊恩步步逼近。

「嘿嘿嘿，好啊，就讓他好看。」

這時，這群孩子的心中早已失去判斷對錯的能力，根本不知道自己正在對別人造成多麼大的傷害。

他們無知的世界裡只剩下自我感覺良好的優越感。

無情的利刃一刀接一刀劃開艾萊恩的尾巴，越來越劇烈的痛楚占據了他的神經。

艾萊恩想反抗，卻無計可施。

他的臉色越來越蒼白。

就在這時，垃圾場另一頭傳來其他學生的聲音，因心虛感作祟，羅素指使其他人拽起艾萊恩並把他丟進垃圾車裡。

「不准出來！聽到沒有？敢出來你就完蛋了，我會把小夢也丟進去！」

羅素大力踢了垃圾桶，發出凶惡的恐嚇。

艾萊恩跌到骯髒的垃圾堆中，炎酷的氣溫使垃圾車中臭氣瀰漫，窒息的氣味讓他胃液翻攪，差點嘔吐出來。可在聽到羅素的威脅後，艾萊恩嚇得摀住嘴，一個音都不敢發，甚至不敢動一下。深怕自己不小心又惹他們生氣，小夢真的會被丟進垃圾車裡。

他的手掌緊緊握著不斷出血的尾巴，強咬著下唇忍耐疼痛。

直到羅素一群人的腳步聲越來越遠，天色逐漸昏暗下來，艾萊恩才敢大口呼吸。

他瑟瑟發抖，抱著膝蓋縮在溢滿惡臭、蒼蠅盤飛的垃圾中，默默落下了眼淚。

「拜託您，我兒子不見了！！拜託幫幫我……」

深夜，一位獅系獸人的女子無助地哭倒在救助中心的前臺。

女人名叫艾薇，她就讀小學的兒子艾萊恩在中午放學後一直沒有回家，直到晚餐時間仍不見蹤影，她終於等不下去到學校尋找，誰知只發現兒子留在教室裡、還未收拾好的書包。

這項發現令她頭皮發麻，與先生當即報案。

雖然接獲報案後警方有派人搜索，但艾萊恩一家居住的地方人類居多，是隸屬人類管轄的社區，本就對獸人不太重視。主要承辦的員警也只是散漫地巡視了幾個地點，之後要夫婦回家等消息，推說也許是孩子貪玩忘了時間，餓了就自己回來，反正不會有人敢招惹獅子獸人。

消極的處理態度讓一個母親陷入絕望與悲狂。

情急之下，她和先生兵分兩路，奔往其他獸人市區的救助中心求援。艾薇驅車近一個小時趕到伊凡任職的區域，不斷哀求救援隊幫忙尋找孩子。

但跨區救援必須獲得上級許可，這是為了避免馳援他區的同時任職的區域有緊急事件，導致人手不足可能發生憾事所設的規定。

一時間，救助中心束手無策……

漆黑的寂夜裡，母親的哭聲是那麼無助、那麼撕心裂肺。孩子下落不明，每分每秒凌遲著艾薇的心。

「大隊長……我們該怎麼辦？」一位隊員神情猶豫不安。

「孩子失蹤快十二小時了，這件事不能等！聽好，值班的人留守崗位，然後立刻召集休假的人，有意願者組成志願隊員，現在連絡各區行政單位請求支援。」

伊凡當機立斷下令，使艾薇看見了一絲曙光。

「對喔！志願者！這樣就沒有許可的問題了，我們立刻連絡。」

隊員們豁然開朗，開始連繫人員，幾名正好交接的隊員也自告奮勇，投入尋找孩子的隊伍。

沒一會，伊凡領著一組跨區的救援隊來到校園展開地毯式搜索，不過學校周圍路線的監視器都沒有艾萊恩離開或被帶走的影像紀錄，初步排除了綁架的可能，可這也讓伊凡一行人再次陷入僵局。

謹慎推敲之後，一群人來到艾萊恩最後出現的地點：教室，看看能否尋得蛛絲馬跡。

白天朝氣蓬勃的校園一到夜晚就氣氛完全顛倒，即便現在為了找孩子，校舍燈光全開，依然有股難以言語的違和感。

一踏進教室，伊凡首先注意到艾萊恩的書包半開著，椅子尚未靠上，說明孩子還沒有離開的打算。接著他瞥見公告牆的值日欄上掛著艾萊恩的名牌，又看見擺在垃圾桶旁，一捲未收拾好的垃圾袋。

「有人找過垃圾場嗎？」伊凡問。

「找過了！那裡什麼也沒發現。」

「是嗎……」

伊凡盯著眼前的場景，總覺得不對勁。

出於直覺，他不死心地來到垃圾場再次巡視，但一眼望去，正如隊員所說，擺放在牆邊的垃圾集裝箱已經被清潔人員拖走，空曠的腹地沒有任何藏身的地方，加上瘴氣混雜，眾人無法分辨出有無艾萊恩的氣味。

這時溼悶的天空下起大雨來，凹凸不平的水泥地沒幾分鐘便蓄積起一窪一窪的水灘。

「我想……孩子有沒有可能是掉到垃圾車裡，被載走了？看來有必要查一下清潔隊的路線了。」

思索片刻，伊凡拉長了臉，提出大膽的推測。

「怎麼可能？萊恩年紀不大，但是也不至於會掉進垃圾車，卻一聲不吭吧？」聞言，艾薇難以置信地搖頭，顯然她無法接受這種說法。

「以我們大人的角度來看，有些事是理所當然，但對孩子來講也許不是這樣，您想想萬一孩子不是一聲不吭，而是……而是遇到什麼事情，無法求救呢？」

「不可能！！你亂說！我的孩子一定會沒事的！他……他一定會平平安安……你怎麼可

以這樣講?他要是怎麼了，我怎麼辦?嗚嗚，怎麼辦?我怎麼辦?嗚……」

聽見伊凡的話，艾薇下意識連想到最壞的情況，馬上衝著伊凡怒喊，隨後又失聲痛哭起來。

她並不是沒有想過這種情況。

她想過，也許真的發生了什麼不可預測的意外……

只是她不敢再想下去。

那是她的孩子啊，她真的不敢想。

「老婆，既然監視器都沒有錄到孩子離開的樣子，我們……我們也找了這麼多地方……不然就照隊長的話找看看吧。」艾爸爸緊緊擁住癱在地上、近乎崩潰的妻子，鎮定的語氣裡透著顫抖。

有了共識，伊凡隨即調度人馬對清潔路線進行搜救。歷盡一番尋找，終於在山區垃圾集中場的一臺子母車裡找到奄奄一息的艾萊恩。

「找到了!孩子找到了!!」

伊凡拿著手電筒振臂高喊。

看見信號的這一刻，所有人都歡呼起來!

獨自忍受惡臭、恐懼及孤寂的艾萊恩在聽見有人呼喚自己的名字時完全放鬆下來，徹底暈厥過去。

嗅覺感官比意識早一步恢復感知，在難聞的化學藥味中，艾萊恩隱約聽見爸媽朦朧的聲音。他分不清爸媽是在講話還是在爭吵，艾萊恩只覺得身體好痛好痛。又過了一會，等身軀適應了痠痛感，他才勉強睜開眼睛。

「媽媽……爸爸……」

他用虛弱的聲音喊著父母，卻沒想到剛醒來就迎上母親的怒氣。

「你怎麼回事？為什麼會跑進垃圾車裡？你以為很好玩嗎！」媽媽向艾萊恩飆吼。

「小薇好了，別這樣，孩子醒了就好。」

爸爸艾迪拉過妻子的手臂抱緊她，好讓她情緒鎮定下來。

「不是啊！不罵他，他不知道事情的嚴重性啊！」艾薇掙脫丈夫的懷抱回到病床邊，用充滿怒氣的聲音斥責，「你知不知道我有多擔心？你知不知道差一點你就死掉了？為什麼下課不馬上回家呢？」

艾薇的聲音因擔心而變得尖銳，所有的心急轉為責備，儘管她知道現在不是罵孩子的時候，但她就是克制不住。不過隨著罵聲，艾薇的眼淚也越流越凶，最後她緊緊將艾萊恩摟在懷中，泣不成聲。

小艾萊恩被媽媽抱到懷裡的那一刻嚎啕大哭出來，小小的眼睛裡不斷掉出隱忍許久的委屈淚水，一下子沾溼了衣服。

「媽媽、爸爸對不起，對不起。我真的不是故意的，我不是故意不回家……但是有人叫我不准出來……所以……所以我不敢……我不敢……」小艾萊恩不斷哽咽，他拚命忍住鼻水，在混亂的情緒中一邊努力解釋一邊道歉。

「你說什麼？有人命令你？」

聽見孩子的話，艾薇一陣錯愕，口吻頓時嚴厲許多。

察覺到媽媽的語氣驟變，艾萊恩不禁肩膀一抖，慌忙閉上嘴。

「萊恩乖，沒事了。」艾迪看出了艾萊恩的恐懼，於是拍拍兒子的小腦袋，安撫他的情緒，並換上溫和的語氣問，「爸爸問你，你的意思是說，不是你自己躲到垃圾車裡的，而是有人要你這麼做，但你又不敢反抗，對嗎？」

艾萊恩困惑地看著爸爸，不明白他這麼問的用意，茫然之下點了點頭。

看到艾萊恩點頭後，夫妻倆不禁對望一眼，此刻搜救時的一些細節逐漸浮現腦中。

首先，發現艾萊恩的地點實在令人疑惑，先不談一個十歲的孩子已經能獨立思考，不太可能自己跳進垃圾堆裡，再說子母車沒有封蓋，艾萊恩想逃脫或求救並不困難，但他沒有選擇這麼做的原因……

艾薇想著想著，眼睛不由得看向艾萊恩纏著繃帶的尾巴……霎那間，夫妻兩人一語未發，靜默下來。

也是這一天，艾萊恩提早認識了什麼是Dom與Sub。

隔天，伊凡特意請了假來醫院探望艾萊恩。不料，卻在走廊看見小小一個人影，形隻影單地坐在候診椅上，他的鼻子紅得像頭麋鹿，微腫的眼角似乎還掛著淚痕。

伊凡露出一抹和藹的微笑，悄悄坐在艾萊恩身邊。

「怎麼啦？是不是感覺哪裡痛？」

突然的搭話讓艾萊恩嚇一跳，他趕緊用袖子擦去眼淚。即便還是孩子，但艾萊恩已經會對自己的哭相感到尷尬了。

「是隊長啊……隊長午安……謝謝隊長昨天救了我。」

「呵呵，不客氣。來！這個給你。」

伊凡拿出一包小熊軟糖遞給艾萊恩，作為探病的禮物。

看見軟糖，艾萊恩很是心動，一陣猶豫後還是禮貌拒絕：

「媽媽說不可以隨便拿別人的東西。」

「嗯啊，媽媽說的沒有錯喔。但是伊凡我啊，是艾萊恩的朋友噢！」

「朋……友？」艾萊恩歪著頭看著伊凡。

「什麼啊，只有我覺得我們已經是朋友了嗎？好傷心喔，我那麼努力救你，我跟你居然還不是朋友……」伊凡大嘆了口氣，沮喪地低下頭。

「是朋友了！伊凡救了艾萊恩，我們已經是朋友了！」小艾萊恩怎麼忍心看朋友失落，他大力點頭認證兩人的朋友關係。

「這就對了，所以收下朋友的禮物是OK的。」

伊凡摸了摸艾萊恩的頭，比出OK的手勢。

有了收下禮物的理由，艾萊恩不再糾結，開心地打開象徵友誼的軟糖。當數出有六個葡萄口味的小熊軟糖時，艾萊恩露出驚喜的笑容，迫不及待地抓起一顆軟糖塞進嘴裡。

酸酸甜甜的滋味安慰了昨天受傷的心靈。

見到艾萊恩終於破涕為笑，伊凡才小心翼翼地切入正題：

「你怎麼自己坐在這裡啊，學校呢？」

「我不用去學校了。」一提及學校，艾萊恩飛揚的眉毛又垂下來，他指向前方拱牆上的落地窗說，「媽媽打電話說她要過來，所以我坐在這裡等她。」

這個位置能看見窗外的停車場。

「真奇怪！我的朋友們只要不用去學校都超開心的耶，但你怎麼看起來不太開心？」

伊凡嗅出艾萊恩有心事，於是放慢語調耐心引導他述說自己的心情。他很喜歡這位有禮的孩子，總覺得十分投緣。

接到問題，艾萊恩沒有馬上回答，而是沉默下來，眼神流露一股超越他年齡的氣息。

伊凡也不急，他只靜靜地陪在身邊，等艾萊恩整理好情緒，他準備好了自然就願意說了。

候診室的人流來來去去，幾分鐘後艾萊恩才緩緩開口。他說話的聲音很小很慢，但是伊凡願意傾聽。

「昨天……我聽見爸爸跟媽媽……說……要讓我轉學……好像是因為我……是S的關係。」艾萊恩說得斷斷續續，每講幾句就停下來，呼吸幾次後又接著說，「我想……如果我是D的話就可以打贏那些人了……這樣我就不用轉學了。」

昨晚得知艾萊恩有可能是被人類的Dom命令後，艾家夫婦自責不已。

都說學校就是小社會，當初會選擇把孩子送進人類與獸人的合校，目的是希望艾萊恩能早點認識多重的世界觀，將來好適應社會環境，誰知道會換來這樣的結果。就連居住社區的警方也無作為，實在令人失望。

艾家夫婦隨即決定轉學，今天艾薇就是去學校替兒子辦理轉學事宜。

只是小小年紀的艾萊恩不了解父母背後的考量，在他年幼的認知裡，把一切全歸咎於自己是Sub，沒有Dom強壯，無法保護好自己，所以爸爸媽媽才要他轉學。艾萊恩即使捨不得朋友、捨不得小夢，但是他沒有能力扭轉父母的決定。

如果今天自己不是Sub，如果沒有被孩子王命令，如果他自己逃脫，沒有被困在垃圾車裡，如果他反抗了，是不是就不用與好朋友還有小夢分開了呢？

都怪自己是S，怪自己太過軟弱，才必須和朋友們分開……

只可惜這些想法以他現在的年紀還難以完整表達，只能吞吞吐吐地描述出一個模糊的概念。不過伊凡還是擷取到了艾萊恩表面的話語底下，那些難以吐露的、更深沉的意思。

「萊恩很想打贏欺負你的人嗎？」伊凡笑問。

艾萊恩抬起小腦袋認真地想了想，然後搖頭。

「也沒有……我只是希望他們不要欺負小夢。因為他說只要我出來，他們就會把小夢丟進垃圾車裡，我不希望那樣。」

「所以你選擇不出來，對不對？」

「嗯……但是現在我出來了，不知道小夢會不會也被丟進垃圾車……」艾萊恩說著這段話，眼神中透漏出強烈的不安。

「放心，小夢沒事的。」

「真的嗎？」

「真的。相信我，萊恩的朋友就是我的朋友，我不會讓那些壞蛋傷害我的朋友。」伊凡拉起袖子露出大大的肌肉，還有大大的微笑，接著誇讚說：「而且你做得很好。我覺得萊恩非常強大喔，比任何人都強大。」

「我很強大嗎？」艾萊恩眨了眨眼。

「哈！很強、很強、很強大喔。」伊凡特意重複三次，「擁有一顆希望別人平安的心，就是世界上最強大的人。你一直忍著不出來，是不希望其他人因為自己而受傷不是嗎？你不希望小夢受傷害。」

「這樣就是強大嗎？」

伊凡肯定點頭：「當然嘍！不出聲、不反抗絕對不代表軟弱，能用自己的方式保護真正想保護的人，萊恩很了不起喔。」

與伊凡的對話解開了艾萊恩的心結，他開心地握著手裡的小熊軟糖，內心燃起了一股信念。

「我長大以後也要當救難隊隊長！我要成為跟伊凡一樣的人！」

「是嗎？那我要小心你搶我工作嘍！」

伊凡豪邁地大笑幾聲，和藹地摸著艾萊恩的小紅毛頭。

有人說要以自己為榜樣，真的是件令人開心的事。

事後艾萊恩轉學，並到更大間的醫院接受仔細的檢查，不過檢驗報告顯示他的Sub性徵並不顯著，隨著時間推移，Sub欲求也沒再發作，於是醫師判定艾萊恩只是出現進入青春期，賀爾蒙不穩定的假性症狀。

也是從這次事件之後，艾萊恩再也沒穿過露尾巴的褲子。

而艾萊恩長大成年，如約兌現了他的承諾到救助中心任職，並努力晉升、爭取到隊長職位。

時光倒轉，當年的落地窗還是同一扇，但上頭映出來的人影已從一個怯弱的孩子，轉為體格健碩的成年人。

只是沒想到事隔多年，他會再次從這間醫院接獲自己是Sub的診斷。

對於確認是Sub的這件事，艾萊恩雖然驚訝

卻不意外。

第四章

窗外晨曦冉冉高升，天際由黑暗漸變成唯美的紫藍，艾萊恩打了個哈欠，捧著沖泡式咖啡倚在走廊上偷閒觀看日出。

昨夜臨時有隊員請病假，人手不足，他久違地連輪兩班有點犯睏，來杯暖熱美式正好能驅走一些睡意。

就在他享受完短暫的愜意時，大門處遠遠走來兩個身影，一下子擄獲艾萊恩的注意力。

一個是正要上班的李里亞，他身旁跟著的人竟是高韞。他們兩人並肩行走，有說有笑的樣子似乎認識許久。

艾萊恩吃驚地看著這樣的組合，不過令他真正驚訝的，是高韞今天毫無遮蔽的臉龐。

高韞淨白的臉頰和他想像的一樣端正，秀挺的鼻梁下鑲著一雙比淺海棠再淡一些的薄唇，配上微勾的鳳眼，渾身散發出一股溫雅的氣韻。

與李里亞可愛靈動的感覺不同，高韞散發出來的氣息中多添了一分精緻感。

艾萊恩直盯著迎面而來的人，忘了自己還握著咖啡杯，緊張得差點鬆開了手。

原本被咖啡浸苦的舌尖彷彿冒出了一絲甜潤的錯覺。

「隊長早！跟你介紹一下！」李里亞開心地朝艾萊恩揮手，「這位是高韞。是我小時候的好朋友，他現在是我們這區的刑警。我剛剛在路口遇見他，他說關於上次校園的案子要找你談談，所以我就帶……他……來了……」

李里亞熱情地引介，不料說著說著，似乎意識到什麼，不好意思地結巴起來，頭低得快貼到胸口了。

艾萊恩也感受到這份尷尬，想必李里亞猜到了高韞就是與他發生過關係的人類。

兩人僵在原地，一時語塞。

「我知道萊恩隊長，之前有過一面之緣。你快點進去吧，不耽誤你上班。」高韞微微頷首，巧妙化解奇異的氛圍。

「那小韞，我先去上班了，再連絡喔。」

「OK！」

直到李里亞搭電梯上樓後好一會，高韞都沒有出聲，只是靜靜地瞅著艾萊恩，似乎在等他開口。

艾萊恩鮮少被人明目張膽地盯著看，此刻他感覺自己彷彿從食物鏈的頂端墜下，變成他人的獵物，於是不自在地咳了一聲，說道：「你的傷還好嗎？」

他快速瞄了眼高韞的肩膀，眼底不禁透出憂色。

「已經不痛了。」

「喔嗯……那就好。」

艾萊恩感覺自己應該還要說點什麼，卻不知該如何開口，只好放棄交談的念頭淡淡地回應了句。

高韞輕哼了一聲，接著他從西裝上衣內拿出一只少見的深藍色信封，交到艾萊恩手上，示意要他自己看。

剛開始艾萊恩不明所以，但見到信封上印有政府徽章的封條後，艾萊恩的眉宇不禁皺起。他瞄了眼高韞，拆開信封抽出裡頭的公文。棕色的眼珠隨著文字一行一行跳動，艾萊恩的臉色越發凝重起來。

這是封特殊請調的公文，要求艾萊恩收到公文後即刻前往市政廳與會。

艾萊恩在任職於救援隊的期間從未遇過這樣的狀況，關於特殊請調的情形，過去只在和其他市鎮的救援隊聚會上，聽前輩們提過一次。

那次是多年前發生了多起隨機槍擊案，凶手行蹤飄忽不定，犯案區域涵蓋好幾個市區，因此政府勒令相關保安單位全數參與警備行動。

那這次是為了什麼呢？

想到高韞和李里亞說是為了上次校園的事件而來，那鐵定與伊凡被傷害的案子脫不了關係。直覺如此告訴艾萊恩。

「看完了？」高韞問。

「嗯，我大致有底。」

「那好，跟我走一趟吧！萊恩隊長。」

「可以等我一下嗎？我必須和隊員交代一些事。」

高韞沒有出聲，只是雙手抱胸，將重心側靠在牆上。

「我馬上就好。」

得到允許，艾萊恩立刻返回中心。

簡單交接完後，艾萊恩跟著高韞來到停車場。

他刻意與高韞保持距離，盡量避開他身上那股令人發暈的氣息，不過剛坐進車裡，艾萊恩便昏了頭。整個空間都是高韞的味道，植物馥郁的香氣籠罩他的大腦，舌尖似乎沁出一絲勾人的甜。

開始服用鎮靜劑幾週後，艾萊恩沒再出現Sub焦慮的症狀，也沒有任何副作用或不適，漸漸就沒那麼規律地服藥了。然而此刻坐在高韞的車裡，方才因為政府召令而緊繃的心緒一下子亂了套，艾萊恩在內心斥責自己太過疏忽。

他必須做點什麼，讓自己的精神集中起來才行。

「能讓我開車嗎？」就在高韞即將駛出停車格之際，艾萊恩提出由他駕駛的要求，「抱歉，我不太習慣給人載。」收到對方不明所以的表情，艾萊恩連忙補述。

「可以，那你載我。」

幾秒後高韞回答，解開安全帶推開門。

不知是說者有心還是聽者有意，潛意識使艾萊恩感覺高韞的語調中帶有幾分命令的成分。

他跟著下了車互換位置，與高轀擦肩而過時，血液躁動地在血管裡竄流。他順手摸了摸腰後的口袋，再次確認今天沒有帶鎮靜劑出來後，在心底嘆了口氣。

算了……且走且看吧。

♦

炙熱的氣溫包圍整座城市，市區內隨處可見穿著涼快的人們坐在露天咖啡椅上，悠閒地享受冰鎮的飲料及自然三溫暖。

艾萊恩將車停在市政廳旁一處有樹蔭的停車格，雖然他不確定等等會面結束後陽光會轉移多少，但起碼這一個小時他能確定高轀的車不會被烈日荼毒。

市政廳是四棟高樓圍成的菱形天井建築，外觀新穎俐落。其中前三棟建築分別有國家圖書館、室內泳池、藝術展場供民眾使用，不少學校也會到這裡舉辦校外教學。此外，地下室另設有餐廳及賣場，是市民日常休閒的好去處。

最後一棟才是政府專用的行政大樓，幾乎所有行政部門在這裡都有辦事據點，市長辦公室也設置於此。

高轀與艾萊恩踏進能容納千人的寬闊大廳，穿過中庭假山造景的池塘，一路往最後的市政辦公大樓走去。刷過證件後，他們順利登上通往市長辦公室的電梯。

電梯上升的速度極快，導致艾萊恩有些耳鳴，不過隨著電梯門再次打開，耳朵內不舒服的感覺也隨之散去。

只見幾名壯碩的黑衣保鑣手持金屬探測器對兩人展開檢查，確認無危險物品後才領著他們來到一扇兩公尺寬的木製隔音門前。

「就是這間會議室，請。」

當門扉開啟，寬敞的會議室映入眼簾，暗色系的裝潢使其增添幾分莊嚴的氣息，設置於中央，由實木打造的圓形會議桌更顯肅穆。艾萊恩的手心微微冒汗，雖說他也算是國家機關的一員，但進入以人類體系為主的市政廳這還是頭一次。

眼前氣派的會議桌旁已有人入座。

市長、副市長、警界高層以及消防單位的指揮齊聚一堂，全是來頭不小的人物，艾萊恩明白事情不一般，背脊瞬間打直，不禁滾動喉結。

「報告，刑事一組高轀報到。」高轀五指併攏，表情嚴肅。

「報告，獸人救援隊隊長艾萊恩報到。」

坐在圓桌中央，一名身穿經典深色西裝，略顯福態的中年男子正是本市市長，他只是抬頭看了門口的兩人一眼，隨即望向身旁的祕書。

接到發言權，祕書比了比邊緣剩餘的空位，輕咳一聲後開口：「艾萊恩隊長，謝謝您出席，希望你別介意我們省去開場，直接進入正題。」

艾萊恩點頭，與高轀一同入座。

圓桌會議正式開始。

在祕書如機關槍般幾乎無斷句的講解下，艾萊恩明瞭了此次事件的全貌。

整起案件必須倒回兩個月前，鄰近的市區開始出現幾則獸人傷害事件說起。

被害人都是男性獸人，且推測出犯人有可能是人類，於是警方極力壓下這項消息，這也是為何狼人受傷的案件沒有任何報導的原因。

然而紙包不住火，這次的名校傷害事件在家長圈引來反彈，縱使暑假期間沒有學生在校內，但風評優良的名校裡發生見血攻擊事件仍讓檢調承受不少壓力，各方聲浪逼迫警方不得不動起來。

經過一輪調查，才查出這次案件和先前其他區發生的各案行凶手法相近，都是嫌犯持刀由背後偷襲，初步推判是同一人所為。

「在校園發生暴力不可饒恕，為了盡快破案，政府希望警方結合獸人救援隊的力量偵查此案。」祕書振振有詞，語調鏗鏘有力，表明此次召集各方的目的。

「雖說是合作，但確切要如何實行呢？我們該怎麼配合？」艾萊恩聽完事件的經緯後禮貌地提出疑問。

「萊恩隊長問得好。」祕書掃視一遍在場所有人，然後伸手比向坐在艾萊恩斜對角，一位梳著油頭的男子介紹道，「因為受害者目前皆是獸人，而加害者很有可能是人類，因此市府決定採用康格刑警的提議，由市政警方與救援隊各派一人成立專案調查組負責此案。我們認為高轀刑警以及艾萊恩隊長是非常合適的人選，決定委任你們兩人，相信有效結合兩方的觀點對案情會有所突破。」

祕書再一次發揮機關槍的敘事功力。

順著祕書比的方向望去，艾萊恩正眼看向名為康格的男子。他看起來三十後半，眼神有些輕蔑地朝艾萊恩頷首致意。

「我跟他？」

聽見自己的名字，高韞先瞪了眼康格。由他驚訝的表情看來，很明顯與艾萊恩同樣是第一次聽聞這項決策。

「是的。艾萊恩隊長已經在這區任職多年，而高刑警過去也在這區成長就學，兩人都具備有利的地緣關係，因此市府力求盡速破案。」

祕書點點頭，回應生冷僵硬，彷彿是臺過時的機器人。

「等等！僅是有地緣關係就被要求盡速破案？要求盡速破案卻只安排我們兩人？沒有支援卻妄想著盡速破案？」高韞嚷嚷出繞口令般的質問，不敢相信自己聽到了什麼。

現在是要馬兒好，又要馬兒不吃草的意思？

「相信以你們的能力，兩人相當足夠。還是說，高韞刑警無意願負責這件案子呢？」

看來要擔任市長祕書，除了擁有機關槍般的語速，一副誘降的巧舌是必備技能。

這段毀譽參半的回答堵得高韞一時語塞，同時有股難聞的氣味隱隱竄入艾萊恩的鼻尖，他鼻子忍不住抽動了一下。

也是由這句話開始，艾萊恩明顯聞到周圍的人或多或少散發出不耐煩的氣味。

「話不是這麼說的吧？」高韞皺眉，目光隱約映出了不滿。

正當祕書要開口接話，前方一道尖銳的話語搶先傳來：

「我說高韞啊，市長直接任命是看得起你，你要懂得感恩。」

這瞬間，艾萊恩聞到一股惡意。

獸人的嗅覺功能與人類不同，除了判斷表象的氣味，還能靠味道感知情緒，有些物種甚至能運用靈敏的嗅覺描繪出地勢型態。

與大多數的獸人一樣，艾萊恩能憑嗅覺聞出人的實際情緒，即便對方多想隱藏，由內而發的真實情感是掩蓋不住的。

艾萊恩抬眼看向唐突發言的男人，只見康格手指一邊敲擊桌面，一邊好整以暇地盯著高韞，彷彿他才是那個無理取鬧的孩子。

這一刻，艾萊恩總算明白這次會議的真正目的了。

眼前在場的人各個衣冠楚楚，滿口冠冕堂皇，聲稱要將凶手繩之以法，卻沒有一個是真正為了破案而來。

與其說是兩方共同合作，倒不如說是要從人類與獸人中，各挑一個倒楣鬼去頂住外界壓力，而獸人救助中心不具有實際執法權，若是破案，政府能獨攬功勞，若案件未破也有人卸責，成為懸案被世人遺忘更好。反正只要沒有學生受害，家長沒有真的發起抗爭，那無論事後輿論的聲浪怎麼掀，都翻不倒高層這艘船。

今日的會議不過就是請各方人員見證委任，走個過場罷了。

「你要我感恩什麼？」高韞冷問。

「感恩有機會出頭啊。政府要求你是給你機會，我說高韞啊，我們要做一個能被要求的人。」

對於高韞的冰冷態度，康格絲毫不介意。他肆無忌憚地吐出無理的話語，在場居然沒有一人制止，而是選擇用沉默放任康格的劣行。

康格滿滿的惡意撲鼻而來。

這股明顯的惡意轉為隱晦的語言，蓄意攻擊高韞。

艾萊恩的顏面神經開始抽搐，忍不住探出身，想出言糾正康格的言行，沒想到高韞早一步抓住他的手腕，垂眼示意艾萊恩不要回應。

他一雙黛藍色的眼眸沒有半分情緒，身上更未流洩出一絲能顯示情緒的味道，猶如一尊毫無情感的雕像，使艾萊恩難以判斷高韞此刻真實的感受。

「你……」

「別鬧得太難看，案子比較重要。」

高韞將話含在嘴裡，說得非常小聲，但他知道艾萊恩能聽清楚。

艾萊恩握緊十指，堆在體內的怒火即將滿上大腦。為顧全大局，艾萊恩沉了口氣，勉強將不滿按壓下來。

「既然市長親自指派，我們當然盡力而為。但我希望得到之前各區的調查報告。」高韞要求道。

「沒問題，已經準備好了。」

會議進行到這裡，市長終於開口說了第一句話。

他的聲音很乾癟，像顆脫水的綠豆。接著他看了祕書一眼，只見祕書向後方待命的助理打了個手勢，隨即有兩份報告擺到艾萊恩與高轀的面前。

但不給還好，這份報告讓艾萊恩越看越火大。

報告內容陳腔濫調不說，連他這位辦案的菜鳥也看得出事件陳述的時間點錯亂、受害者姓名植入錯誤，擺明就是為了打發而草草了事的東西。

眼前種種讓艾萊恩再次感到不可思議，無法置信在座的人是整日在媒體前高喊為人民著想的官員。

相較於艾萊恩忿忿不平的呼吸，一旁的高轀平靜得不可思議，似乎已經習慣這種場面。

高轀又掀看了幾頁連流水帳都稱不上的紙張，平淡說：

「看來能用的線索不多，希望各部的探員能再提供更詳細的細節。」

「要獲得更多線索還不簡單，等就行了。」康格立刻接話。

「什麼意思？」

康格癟了癟嘴，不在乎地說，「只要再出現一個受害者，就一定會出現新線索。反正現在看來嫌犯專挑獸人作案，人類暫時不會有危險。」

「你講這是什麼話！」

艾萊恩質問的同時一掌拍在桌上，激動地站起身。椅子因憤怒的力道猛烈彈起，發出喀嘎的聲響。

康格講的聽起來是人話，但在艾萊恩耳中都是鬼扯。

「注意你的舉止，艾萊恩隊長。」祕書出言警告。

曾經差點淪為散漫警政下的亡魂，艾萊恩聽到這些藐視生命的話怒不可遏，再也壓抑不住憤怒。

「你在警告我之前，是不是要先叫你的人閉嘴！」

他瞪著祕書怒斥，嘴角鋒利的獠牙隱隱可見，使在場人一陣騷動。

站在角落的隨扈一擁而上，團團圍擋在市長面前，擺出戒備姿態。

「艾萊恩，先冷靜下來。這些都可以等等再討論。」

「什麼再討論？這種提議連提都不該提！哪來再討論的空間！」

「艾萊恩，你先坐下。」

高韞拉住艾萊恩的手，制止他。

「你同意他的話？」艾萊恩詫異地瞇起眼。

「我只是要你別激動。」

「高韞，我以為你和李里亞是好朋友，會不一樣，沒想到你也只是個自以為是的人類而已。」

「不要激動嘛，獅子大人，冷靜冷靜。」見挑撥成功，康格兩手環胸，抱著看好戲的心態揶揄道。

「你再說一句試試！」

「艾萊恩坐下！」

高韞一聲令下，對艾萊恩釋出不容反抗的魄力，抓住他手臂的力道越收越緊。會議室內狀態緊繃，有些隨扈甚至擺出了拔槍的動作。經過一番心理鬥爭後艾萊恩終究妥協，他甩開高韞的手，心有不甘地坐回椅子。

接下來的談話言不及義，全是敷衍之詞，完全沒有討論的價值。

沒多久，會議在市長的一句「有勞了」中象徵性地結束，市長本人話都還沒說完便起身走人，連聲「辛苦了」都吝嗇給予。其他政客們見市長離開也紛紛離席，彷彿這幾起隨機傷害案件只是小孩貪吃、偷了幾條巧克力一般不值一談。

♦

「艾萊恩！等一等、艾萊恩！」

散會後，高韞緊跟在艾萊恩後頭不斷叫喚，但艾萊恩充耳不聞。

「**艾——**」

「你休想再靠命令讓我妥協！」

艾萊恩勃然轉身，趕在高韞發出命令之前先發制人，義憤填膺的聲音迴盪在走廊上。

「我只是想和你談談案情。」

「有什麼好談的？又沒有支援。反正你我立場不一樣，不如各辦各的？」

「你的態度非得要這樣？」

高轀非但沒因為艾萊恩的怒吼卻步，反倒睜大眼凝視著他。

「我的態度怎樣了？比人類好很多吧？」艾萊恩回瞪著高轀，刻意挖苦道。

他不知是在氣康格對生命輕蔑的言語、氣高轀對強權屈膝，還是氣自己的無能為力。

艾萊恩不懂自己究竟怎麼了，怎麼會對一個藐視獸人、視生命如草芥的人類抱有一絲好感？

眼看電梯遲遲不上來，艾萊恩睨了電梯一眼，索性扭頭往逃生梯走。

他不想再爭論下去，更是一秒都不想待在這裡。

「艾萊恩，站住！」

高轀急於阻攔，但只聽見啪嗆一聲重響，厚實的防火門將他與他的命令隔擋在門外。

面對冷冰冰的門扉，高轀突然感覺吸入鼻間的空氣如泥沙一樣乾澀，呼出的每口氣都像砂石般刮痛他的喉嚨。

而讓他感到疼痛難忍的——

是艾萊恩鄙薄的眼神。

自己……被討厭了嗎？

高轀明亮的眼神不自覺黯淡下來。

「哎呀呀，還沒合作就起內鬨，這不太好喔。」

「康格？」高轀聞聲後挑了挑眉，「不是拜你的提議所賜嗎？」

「真榮幸你還記得上司的名字，這是個好提議，不是嗎？」

康格噘起嘴反問，他的語調輕浮，尤其講到上司這個詞彙時更是讓人感到刺耳。

「我現在不隸屬於你底下。」高轀不耐地咂舌。

「嘖嘖嘖嘖，真稀奇。你這次居然不是站在獸人陣營嗎？立場搖擺不定，小心被當作牆頭草喔。」康格露出討人厭的嘴臉，對著窗戶假意整理了一下油膩的髮型。

世界上總有人存在著惡意。

這群人毫不在乎自己說出口的話是否會造成傷害，只要有一點不順眼，便自顧自地發洩自己的情緒，彷彿不刺別人一下，便會世界末日。

康格就是這麼一位帶有純粹惡意之刺的人。

「嘖，我的立場為何不用你管。」

「哎呀哎呀，別那麼冷漠嘛，我關心你而已。不過話又說回來，都是因為你那位狼人老爸在大庭廣眾下咬傷人類，才會連累你調職的。我只是好意提醒你立場的重要性。」

「請稱呼他高先生。」高轀嚴正要求。

「沒問題，高先生。」康格假意順從改口，「我記得下次高先生的開庭日剛好是下個月吧？你忙得過來嗎？」

「這是我的私事，不勞你關心。」

康格無謂地聳聳肩，嘴角挑釁地勾起勝利的微笑。

只是兩人不知道，他們針鋒相對的對話一字不漏地收進艾萊恩的耳中。

艾萊恩並沒有離開，因為在門閫上的前一秒，他聞到了康格尖銳的惡意，即便他惱火高轀，卻放不下他一人面對那股惡意。

果不其然，康格又開始針對高轀，發出不懷好意的言論，從他們的對話，艾萊恩明白到他們所說何事。

——那是去年發生在外市區的一起獸人傷人事件。

有名狼族獸人咬傷了人類男子，起因是該男子當時伸手摸了另一個太太嬰兒車裡的幼兒。

這件案子在當時惹來不小的風波。

狼族獸人嗅出那名男子有不良意圖，為防止他偷走孩童，於是出言喝止。殊不知爭執間男子惱羞成怒，兩人扭打起來，最後狼人不小心咬傷了對方。

不過該人類男子聲稱只是看到孩子覺得很可愛，忍不住摸摸臉而已，沒有偷竊幼童的想法。雖然附近有監視器，不過該處是死角，影像只紀錄到兩人大打出手倒地之後狼人撲咬的畫面，因此人類男子的辯解獲得了大部分人類的認同。

但獸人族群卻持不同的觀點。

原因也很簡單，獸人族群的確可憑氣息判斷對方有無惡意，只是這項能力不被法庭採用為證據，於是狼人傷害罪成立，須入獄服刑。

但是該狼族獸人的妻子是人類，他有一名人類繼子，一家人多年來相處融洽，不可能無端攻擊人。這樣的判決造成支持獸人無罪的群體發出怒吼，此事件在社會上影響甚廣，導致案子不斷上訴。

此案從首次開庭時艾萊恩就相當關注，案件審理期間他積極於網路參與討論，甚至發文建議修改法律。因為眼見不一定為實，依照人類有限的感官為依據，對獸人實施審判並不公平。

不少人贊同艾萊恩的提議，紛紛連署呼籲修改立法。

然而案件的陪審團成員意見無法統一，歷經幾次重組陪審團之後，因為辦理進度遲遲無法推進，輿論熱度就逐漸冷卻，淡出公眾的視野。

艾萊恩回想起當時在報導上看到的照片。印象中，狼人的繼子出庭時總是一身黑衣、戴著口罩，安靜地坐在角落，只不過照片背景比較模糊，又是關乎全體獸人族的案子，他整顆心都在狼人被告的身上，沒有留意其他……

難道說當時的繼子……就是高轀？

艾萊恩快速滑開手機，尋找報導的相關記事，終於在一張小照片中看見高轀被裁去一半的身影。

思緒到此，艾萊恩恍然大悟。

他終於明白高轀要他冷靜，並不是對生命有差別對待。想來……他是不想自己和他爸爸一樣，不小心因衝動而惹禍上身吧……

釐清原委後，愧疚的情緒頓時湧上。

眼見不一定為實，他明明曉得這道理，卻沒有做到，甚至對高轀說了那麼過分的話。

艾萊恩自責地大嘆了口氣，而門外繼續傳來高轀與康格不太愉快的對話。

「下次開庭我也會到場，希望那時你已經破案了，祝你好運。」康格送上言不由衷的祝福。

「你的祝福我受不起。」

高轀的語氣維持一貫的冷淡，字末卻慢了半拍。

艾萊恩的耳梢抖動一下。

這是個微小的語氣變化，艾萊恩卻感受到了他猶如沉沒深海，瀕臨窒息的壓抑。

而門另一端的高轀只想儘快結束這個話題，他按開電梯門卻被康格擋下，不依不饒地追問：「這是你對上司的態度？因為高先生犯了錯，你身為公職人員必須迴避，才會被調職不是嗎？要是順利破了這件案子，你就有可能被調回來喔。」

「我父親並沒有犯任何錯。況且調職是我很早就申請的，與任何人事物無關。」

「是嗎？」康格故作訝異地挑眉，勾起令人生厭的微笑。

說白了，康格會如此針對高轀，全是因為高轀對他充滿威脅。

人類Dom的身分讓高轀一進刑事組立刻成為風雲人物。由於基因的關係，他天生行動比一般人敏捷，每次追捕犯人的現場若有高轀在，成功率為百分之百。才入職兩年，高轀便升格為副巡官，輝煌前景指日可待。

對受害者而言，能短時間內捉拿到犯人當然是件好事，可過高的辦案效率卻威脅到了刑事組裡的前輩，康格便是其中之一。

「你放心，就算案子破了我也不會回去。」

「喔～反正我也不會讓你回來。」

康格特意拉長了尾音。

「你——！」

人類的心理相當奇妙，一個人越是打擊某件事或人，那往往越是他們內心深處最畏懼的事。

高韞清楚康格自卑及自大的心理，為了不惹事端，他緊握雙拳，將氣吞忍下來。

此時康格自詡占了上風，當他想繼續接話之際，霍地一道沉厚如悶雷的聲音橫在兩人之間。

「打擾兩位談話了，請問可以把我的搭檔還我嗎?康格先生。」

艾萊恩乍然現身，從背後緊緊抱住高韞，結實的手臂擋住他的眼睛，溫厚的手掌遮住他的雙耳，將他與眼前汙穢的氣息隔絕開來。

「艾萊恩——」

高韞驚呼，整個人陷入厚實的胸膛裡，渾身被一股好聞的氣息包圍。

「你不需要面對這種人，也不需要聽見他說的話。」艾萊恩開口的同時，感受到自己太陽穴附近的血管瘋狂暴動。

「康先生，您的話讓人不舒服。」

艾萊恩直截了當。

「……呃……」

艾萊恩的出現令康格猝不及防。

這一次，他沒有露出獠牙，但一雙不怒而威的瞳孔散發出來的氣場壓迫駭人，好似下一秒被他盯上的生物皆會成為獸爪下的殘屍。

少了市長的隨扈撐腰，面臨到無比壓力的康格止住不語，前額不斷冒出冷汗。

「容許我們失陪了，您請留步。」

見到對方由趾高氣昂轉為面露難色，艾萊恩的唇角彎起看似嘲諷卻又禮貌的微笑，領著高韞走進電梯。

感受到腳底正在降落，高韞僵硬的背脊才鬆緩下來，他伸手撫上摀住自己眼睛的強而有力的雙臂。

「你怎麼還在？」他微聲問，話裡有自己都沒發現的顫抖。

「你不是叫我站住嗎？我有聽到。」

艾萊恩緩緩挪低手臂，但依舊維持著擁高韞入懷的姿勢。

他的音質低沉沙啞，聲線卻不粗糙，語速緩慢且溫柔，褪去與康格對峙的煞氣。

「小心他報復你。」

「我並沒有露出牙齒，也沒有咬他，我很有禮貌的。如果他要報復歡迎提告，大樓有監視器為證。」

艾萊恩巧妙地引用高韞繼父的案子回覆，藉此傳達知曉高韞身分的事情。

「哈哈，你還真是不服輸。」聽見嘲諷性十足的回答，高韞無奈地乾笑了幾聲。

「希望……你能原諒我的無知……」

艾萊恩的語氣有些消沉。

從艾萊恩雙臂收緊的力道，高轀能感覺到身後的人愧歉的情緒，還有他的溫柔。他的體溫包覆著他，還用行動捍衛他的尊嚴，這一刻高轀的心底深處有股暖流淌過。究竟有多久了呢？

距離上一次有人在乎他的情緒，是多久以前的事呢？

高轀一直以為上次在校園的偶遇只是人生中的一段萍水相逢，是一次賀爾蒙與基因相互需求的關係。然而這瞬間，他似乎聽到心動的聲音。

「……我沒有怪你。」

他一邊回答一邊回頭仰望著艾萊恩，凝視著那對深邃的棕色眼眸，想確認自己感受到的悸動是否真實？

此刻的艾萊恩一對毛茸茸的獸耳平垂，眉眼塌下，認真地向高轀懺悔祈求諒解。

他有些窘迫的目光像極了一隻渴望獲得主人關注的小貓。

艾萊恩帶點唯諾的姿態激起高轀的征服欲。忽然間，屬於Dom的氣息從高轀身上擴散開來，瀰漫在曖昧密閉的空間。

艾萊恩當然嗅得到這股味道，但他沒有放開高轀。

他們彼此渴求。

兩人的吐息越加紊亂，衝動即將滿溢理智。

電梯門在關鍵時刻打開，他們才有意識地拉開距離，尷尬地一前一後出了電梯。

↓3

性這件事，在沒有愛的時候都只能稱呼為交配，然而一旦產生了好感，瞬間便能轉化為強烈的吸引力。

艾萊恩的頭在發暈，沒有鎮靜劑的輔助，身體難以抵抗本能的渴望。

高韞也一樣，他急切地想再次聽見艾萊恩因為他的撫摸而發出的呼嚕聲。

這股意念如此強烈，使兩人不約而同地止住腳步，轉身看著對方，正要開口——

「是辛巴耶！！」

「哇——發現辛巴了！」

突然，一群稚嫩的聲音由後方竄出來，兩人微妙的氛圍立刻消散。

聞聲看去，一球球小金毛興奮地朝艾萊恩撲來，後頭還有狂追孩子的老師。

原來今日在市政廳裡有場童話的舞臺劇公演，獸人幼兒園安排了戶外教學。

「辛巴，我跟你說！是我拿到火焰龍的卡喔！那天我是第一個到家的！」

「辛巴，你也來看表演嗎！？」

難得的戶外教學讓小金毛們興奮不已，又看見崇拜的艾萊恩，心情奔騰，頓時失控。尤其是蓓蓓，她一邊奔跑一邊大喊，迫不及待地想得到艾萊恩的稱讚。

誰知蓓蓓腳一滑，眼看即將跌進大廳中的造景池，嚇得帶隊老師驚聲尖叫。

「小心——！」

艾萊恩眼明手快地衝上去攔截孩子，沒想到蓓蓓反應更快，一個靈活扭身，及時在池塘邊穩住腳步，反倒是急追上前的艾萊恩煞車不及，不小心整頭栽倒在水池裡。

嘩啦啦，水花四濺，池裡的金魚嚇到躲到角落。

「噁啊！這水好臭……噁，我……整身都是金魚的便便……天啊！這個水池多久沒清了……」艾萊恩猛然從池中破水而出，誇張地直吐水。

「辛巴身上都是便便！」

「你好臭喔，辛巴，不要過來！」

看到艾萊恩狼狽的模樣，高韞和小金毛們忍不住捧腹大笑。

「那個……這位先生真的很抱歉。我們孩子不是故意的……您沒事吧？真的對不起，是我們沒有顧好……」一看對方是獅子獸人，老師嚇得聲音顫抖，蹲在水池旁不停道歉，只差沒下跪磕頭了。

艾萊恩擺擺手露出微笑，表示自己無礙：「沒事沒事，我認識孩子們，知道他們本來就好動。幸好不是孩子跌下水，不然更麻煩。」

「但先生您真的不要緊嗎？您的衣服……」老師臉色發青擔憂地問。

孩子們此刻似乎意識到自己闖了禍，相繼安靜下來，失去笑聲，大家你看我我看你，沒人敢講話。

「老師別擔心了，我們就住附近，梳洗很方便。」

高韞見此情形，主動出面化解尷尬。

「對對對，很方便，我們自己可以處理，老師不用顧慮我們。」艾萊恩跟著附和，手一撐，俐落地翻出水池，對孩子拍拍手道，「好了，大家聽我說，第一個回到隊伍的人下次可以得到一張金色水龍的卡牌喔！」

「什麼?金色水龍?」

孩子發出驚嘆。

「這次一定是我第一。」

「才不，是我。」

「辛巴掰掰～～」

孩子的快樂就是如此簡單。

聽到有卡牌獎勵，小金毛們一個勁地回頭往學校隊伍衝，老師再三鞠躬道謝後，跟著孩子返回校隊。

艾萊恩熱情地朝他們揮揮手，目送他們進入劇場。

「看來你對孩子挺有一套的。」高韞用手肘推了推艾萊恩。

「因為我有兩個弟弟啊，在我們家，我就是媽媽的保母喔。」

艾萊恩雙手扠腰，露出自豪的微笑。

「但你現在的樣子很沒說服力。」高韞的目光聚焦在艾萊恩肩上的一串金魚便便上，忍不住噗哧一聲笑出來。

「居然取笑我……」

「是你太好笑了。」

唉……他明明是為了救孩子，怎知道落得落湯雞的下場不說，還被高韞取笑。艾萊恩看了眼汙濁的上衣，想著想著又是滿臉委屈。

沒想到高韞看見他一副可憐兮兮的模樣，笑得更開懷，嘴角多了與冰冷外貌相違的淺酒窩。

艾萊恩注視著高韞的酒窩，笑顏逐開的表情看得他有些愣神，彷彿世界所有的美好都凝結在那抹笑容上。

晴朗的天空少了雲絮的干擾，綻放出一片蔚藍，上一刻因人心叵測而烏煙瘴氣的心情，意外被這突來的小插曲洗滌清淨。

高韞發現了艾萊恩視線的停留，他走向前，替艾萊恩撩開落在眉心溼漉漉的髮絲。

「那要來我家清理嗎？警用的宿舍就在附近。」高韞開口遞出了誘人的邀約。

在清爽的晴空下，他的灰藍色眼珠折射出一抹迷人的紫，令艾萊恩眩目。

「這樣好嗎？」艾萊恩唇間有些乾澀。

「你只要回答，要或不要就好。」

此時高韞的音質略啞，像甜酒般獨有的Dom情愫再次散發，艾萊恩不自覺地滾了滾喉嚨。

「……要……」他點頭。

「很誠實，我喜歡。」

高韞伸手搔了搔艾萊恩的下巴。

第五章

不算寬敞的浴室內，熱騰的水蒸氣化作煙霧繚繞。

高韞背部倚靠著浴缸，上半身沉浸在水裡，享受被溫暖水流包圍的感覺，而他的下半身被一股強勁的力道托出水面。

艾萊恩捧著高韞的臀瓣，把一雙修長的腿分開，分別架在自己的手臂上。艾萊恩縮起肩膀，將頭埋進他兩腿之間，張開唇齒舔吻著對方暴露在眼前的隱私處。

滋噗滋噗，臉紅心跳的聲響在浴室裡蕩漾。

「對，就是那裡，多舔一下。」

當艾萊恩的舌尖滑過高韞分身頂端的某處，高韞的喉間隨即流出一串舒服的嘆息。

照著指令，艾萊恩把舌頭往回退一些，再次舔舐高韞舒服的部位。他上下顎的獠牙與舌面的倒刺不時刮過高韞肌理細緻的陰莖。

貓科的舌頭布著特有的細小鉤刺，若用平時理毛的力氣，光舔都很刺人，但艾萊恩的舔舐明顯很克制，為了不弄疼高韞，他小心翼翼地控制著每一口的力道。

他用炙熱的舌尖輕柔地舔舐高韞挺立的性器，小口小口地，像在品嚐一份精緻的甜點。

絲絲尖銳的痛感中更多是麻癢的快感，惹得高韞的腰腹不自覺跟著艾萊恩唇齒的滑動擺盪起來，在水面上起起伏伏。

「這樣可以嗎？」艾萊恩一邊舔咬，一邊詢問自己的成績。

「很棒喔，你做得很好。」高韞舒適地瞇起眼，手指順著艾萊恩的胸膛緩緩往上滑，最後停在他的下巴，輕輕搔揉起來，**「不過舔的時候再試著吞進去一些吧？好嗎？」**

一股甜膩的快感隨著高韞的手指，一路從艾萊恩的下腹延伸到胸腔，溢出喉嚨。他乖順地點頭，發出呼嚕的聲音。

感受到口腔中的物體越發漲硬，艾萊恩壓下舌頭，嘗試讓高韞的性器滑入自己喉道的深處，並前後晃動頭部，好讓舌尖在每次吸吞時都能磨蹭到讓高韞愉悅的部位。

他努力地討好他。

「雖然很青澀，但青澀得很可愛呢。」

高韞輕舔著唇角，洩露出欲罷不能的氣息。

真是讓人興奮。

身為人類Dom，高韞的性欲與征服欲向來都是分開的，他明白兩者混為一談只有混亂。關於征服欲，他能從學業成績或工作績效來獲得，至於性欲，到酒吧或是花點錢便能輕易應付。

艾萊恩剛硬的下顎含著自己的性器，一臉賣力的模樣看得高韞心癢難耐，內在驕矜的征服欲跟著心臟怦跳的節奏加劇，身心同時感到歡愉的快感。性器在艾萊恩厚實的軟舌上鼓動著，高潮即將淹過大腦。

「吞進去的時候……吸一下……舌根要記得用力一點……」

高轀迷上刺痛中帶點酥癢的感覺，主動要求艾萊恩加重力道。

接到命令，艾萊恩提起鼻音，輕哼了聲，乖巧地照做。

高轀命令的口吻尤似一瓶酒，澆灌在他的心靈深處，使艾萊恩沉浸在馥郁的香氣之間。

有點痛，可是很棒……

艾萊恩愛撫般的舔磨與臣服，讓高轀感受到前所未有的滿足。

高轀眉頭微皺，讓人分辨不出他是疼痛還是享受。

下個瞬間，強烈的快感無預警襲擊而來，高轀緊扳住浴缸邊緣，接著一股溫熱黏稠的欲望在艾萊恩口中釋放，池水晃出劇烈的波盪。

來不及吞入的液體從高轀的性器前端順滑而下，艾萊恩再次俯下頭，一滴不剩地舔食那誘人的白色蜜液。

「你學得很快，已經知道能讓我舒服的方式了。」

「我……有讓你舒服嗎？」艾萊恩詢問道，唇齒間牽出曖昧的銀絲。

他想取悅他。

這個想法占據了艾萊恩所有的思緒，但眼睛盯著高轀的下身，似乎有些破皮的痕跡，露出既疑惑又為難的表情。

對少經「人事」的艾萊恩來說，高轀私處的皮膚就像豆腐一樣嫩滑，不免擔心自己是否舔傷了高韞細緻的肌膚。

「難道沒有嗎？」

高韞似笑非笑，伸出拇指抹掉艾萊恩沾到唇邊的精液。

他喜歡這個畫面。

「你做得很好，我在想是不是該給你個獎勵。」一邊說，他將沾著液體的手指遞到自己嘴邊輕吮。

「獎勵？」

「上去。」

讀懂高韞的意圖，於是艾萊恩照著他眼神的示意，坐上浴缸的邊緣。綿密的水珠沿著結實的胸肌線條流下，滑到爆發力十足的腰腹。

這次沒有衣物的掩飾，下盤棕紅的毛林茂密，與聳立威昂的陰莖構成一幕凶猛的畫面。

如此近距離觀賞，高韞再次體認到人類與獸人雖然基因相合，但是著實存在著很大的差異。

而這份差異更讓人勾心，燥熱的情欲在喉間竄動，從腹部蔓延到後方的穴口。

只見高韞鑽進艾萊恩的兩腿之間，雙手手肘放在強健有力的大腿上，抬起臉，雙目筆直地看著艾萊恩。

毫不避諱的視線使被注視的人心臟緊顫，艾萊恩又一次感受到自己成為獵物的瞬間。

高韞在微笑中舔舐唇角，下一秒他溫軟的舌已經貼上艾萊恩腫脹到不行的根部。他並沒有直攻最敏感的前端，而是一邊搓弄一邊用貝齒輕啃著蓄滿欲望的囊袋。

溼滑的舌沿著昂揚的分身一路往上，海棠色的唇瓣在單手難以掌握的莖柱來回舔弄，發出陣陣啾噗啾噗，令人腦袋發暈的水聲。

曖昧的聲音鑽入艾萊恩耳裡，化作電流襲擊全身上下每一條神經。

最後高韞張口含住脹硬的龜頭，用力吸吮起來。感受到碩大的物體在自己口中脈動，不停摩擦又癢又麻的上顎，高韞的興致再次被挑起，膨脹的下身跟著探出水面。

艾萊恩瞇起眼，見到高韞好看的鼻梁在自己胯間的叢林中若隱若現，忍不住仰頭呼出興奮的吐息。艾萊恩像警戒心強的貓，一旦他放下戒心，就會變得非常纏人。

情欲首次宣洩後，迎來的並不是喘息的空間，而是更勝前次的躁動。

兩人離開了浴缸來到地板，卻沒有脫離彼此的身體。高韞頭尾顛倒地跨在艾萊恩的腹部上，互相交纏，舔吮彼此敏感的分身。

高韞彈舌滑動，吞舔啃咬著艾萊恩猙獰的性器，力道輕重交錯，宛若調情。相比之下，艾萊恩的輕啜小心翼翼，深怕自己的倒刺會刮痛對方。

只是情欲哪經得起淺嚐，高韞的後穴曝露在眼前微微一張一合，像是邀請，艾萊恩情不自禁地將手指伸入那窄孔之中。

感覺到對方手指的入侵，高韞鬆開嘴中聳動的性器，轉頭看著底下的艾萊恩。

「你也太急不可耐了吧？」

「抱歉……但我已經忍很久了……」後半句話只剩輕吐。

艾萊恩凝視著他，鑲在眼眶中的深邃棕色眼珠宛若一對濃郁的碧璽，映出高韞潮紅的臉頰。艾萊恩吐出的氣息近在咫尺，縈繞於高韞的五感之間，撩撥著對他的欲念。

「快。」

僅僅一個字，專屬於Dom強而烈的聲頻振動艾萊恩的耳膜，Sub的本能催動他本就暴漲的情欲。

高韞輕啟雙唇，允准的命令還掛在嘴角，人立刻被拉起，壓到浴缸邊緣。

他雙肘抵著鏡子，在一片霧濛中看見艾萊恩急切地附在身後，粗糙的手掌扳開翹挺的臀瓣，將自己崴聳的陰莖擠進已被手指揉腫的後穴。

發紅成熟的穴口緊緊吸附住艾萊恩炙熱的物體。

「啊嗯……」

蠢動的後穴被填入，高韞的體腔一陣痙攣，背脊顫抖，喉間發出歡愉的浪聲，溼潤的窄道跟著攣縮起來，不斷絞纏炙熱的陰莖。

壯挺的分身被彈軟如矽膠的肉壁緊緊包覆住，沒有一絲間隙，艾萊恩把持不住，獸性大發地吐出粗厚的喘聲。

他伸出舌頭舔著高韞因刺癢而酥麻的脊梁，然後咬上他白皙的後頸，下腹猙獰的性器越發凶猛地直戳進高韞緊窄的股間，結實的腹肌狠狠撞上兩片發紅的臀。

隨著後方人腰桿劇烈晃動，肌膚相撞的聲響與高亢的喘息充斥浴室。

「嗯唔、嗯唔，唔啊啊啊！」

溫熱的水霧環繞兩人，將高韞與艾萊恩歡愛的汗水相融在一起。體內最敏嫩的地帶被充血的性器用力搗磨，高韞放聲喊著，閉上眼享受艾萊恩的入侵。

高韞的身段勻稱，骨骼與肌肉感適中的腰握在手心裡，既有立體度又有柔和感，有別於艾萊恩長期鍛鍊出來的粗糙肌群。

伴著高韞的呻吟，艾萊恩忍不住收緊手頭的力道，掐著身下人的腰在溫熱的體內衝撞。缺少鎮靜劑的理智輕易地淪陷在高韞的柔軟裡，在急速狂野的衝刺中，兩人同時攀上另一波高潮……

隨著溫熱的蒸氣漸漸散去，兩人的情欲得到緩解，但艾萊恩依舊埋在高韞體內，遲遲不願退出，而高韞也同樣享受著這份餘韻。

艾萊恩舔吻著懷裡人乾淨的後頸，粗刺的舌面輕輕勾舔細潤的耳垂。

接著艾萊恩湊近高韞的唇邊索吻，不料對方竟轉頭躲開他。

「不可以親嗎？」

「是不行。」

聽到高韞拒絕自己的觸碰，艾萊恩有些失落，不過還是識相地鬆開雙手。高韞順勢推開艾萊恩的臉頰，轉身抽離他的侵入，開始清洗起來。

「為什麼？」

艾萊恩不懂，軀體能深入交疊，親吻卻沒辦法？

「因為會受傷，你想要我的嘴被你刮破嗎？」

「呃……」似乎挺有道理的？艾萊恩想了想，棕色的眼眸在高韞的唇與下腹間游移，「那個……我會很小心的，就像剛剛那樣，可以嗎？」

「下面破皮我可以從後面來，請問舌頭破了我要怎麼吃飯？吃一次痛一次？」

「那只是吻就好，單純的吻就好？」艾萊恩期盼地問。

即便不是纏舌的熱吻，唇貼唇的淺吻他也會感到滿足的。

「不行。」沒想到高韞再次直接拒絕，並挑眉瞟了一眼艾萊恩尾巴末端的毛鬚，「再說，你也不讓我碰尾巴啊。你以為我沒發現？」

艾萊恩一聽，頓時愣住。

兩人交錯舔舐時，艾萊恩蓬鬆的尾鬚時不時會掃過高韞的鼻尖，他當下就很想摸摸看艾萊恩的尾巴了，但每次他一伸手，艾萊恩總會刻意把尾巴捲走。

「我……我只是不習慣……」

艾萊恩垂下眼，抿了抿嘴唇。

雖說獸人已經進化到不需要依靠尾巴來保持平衡或反應情緒，但是尾巴同時也成為背部的延伸，有些獸人會將尾巴視為安全感的來源，不喜歡被人觸摸，算是深沉的心理作用。

老話一句，不能被人抓到小辮子嘛。

對此高韞倒也沒探究，只是內心小小不平衡：「對吧？你也有不讓人碰的地方啊！總之做愛可以，接吻暫時先免了吧！」他講出有些任性的發言。

「噢……我明白了。」

說完，高韞撥去髮梢間多餘的水珠，先行離開浴室。

看見對方瀟灑的態度，艾萊恩盯著門把好一會，耳根失落地微微垮了下來。

親吻這件事在感情中猶如點綴般的存在，平時沒察覺到有多重要，可是在親密關係中少了親吻，瞬間讓人有股悵然若失的空洞感。

……好想親。

……他真的好想吻他。

……不過為了不讓高韞受傷，那他可以忍耐。

艾萊恩跨出淋浴間，看見盥洗籃中放著高韞為他準備好的衣服與浴巾。

他拎起高韞的衣服，把臉埋進柔軟的布料裡，嘴角偷偷竊笑起來，方才討吻不成的失落一掃而空。

雖然前日熬了整夜，身體很疲憊，不過完成高韞施予的指令的同時，艾萊恩的心靈獲得之前從未體驗過的舒暢，彷彿連吸進的空氣都有薄荷的味道，身體由內而外感到一陣清爽。

此刻，他終於明白為何有些S會毫無理智地聽從D的話語了。

換好衣服後，艾萊恩來到走廊，走沒幾步一股食物香氣撲鼻而來，原來高韞正在廚房煮泡麵。

「我的睡衣對你來說可能還是太小了，將就一下吧！你的衣服再烘一下就乾了。」

聽到走廊傳出腳步聲，高韞抬頭瞥了眼艾萊恩提醒道，但僅是一瞥，差點害他手裡的湯勺滑掉。

只見艾萊恩走近流理臺，帶著些許水氣的髮梢垂掛在耳鬢，過緊的布料緊貼在肌膚上，顯現出一身過分迷人的肌理線條，訓練得當的腹肌隨著呼吸高低起伏，胸口微微凸起的兩點比起全裸更引人遐想，叫人視線無處安放。

高韞不小心看得愣神，呼吸瞬間暫停好幾秒。誰知道在這心神蕩漾的時刻，一串猛烈的啪啦啪啦聲響起，艾萊恩側腰的布料硬是被撐破一個大洞。

氣氛立刻由曖昧急轉成滑稽，高韞不顧自己還拿著熱湯勺，直接蹲在地上大笑起來。艾萊恩則傻在原地，尷尬地瞪著爆裂的衣服不知如何是好。

「對不起……我會賠你一件新的……」

今天真是太不順了，怎麼一直在高韞面前出糗？明明剛親近完，氣氛正好的說……艾萊恩在心底默默流淚，暗自怨嘆。

哎呀，不過算了。

要是能一直看到對方的笑臉，出點糗又有什麼關係呢。

「不用啦，是我預判錯誤。」高韞好不容易從地上站起來。

準備衣服時，他的確想過衣服對艾萊恩來說可能小了一點，卻沒想到衣服撐破的場景。

「請讓我賠你。」他態度正經。

「再說吧，我煮了麵，你要吃嗎？」高韞憋住笑意眨了眨眼，視線重新回到鍋裡，並敲了兩顆蛋加進去。

「有煮我的？」艾萊恩試探性地問。

「不吃就算了。」

「我要吃。」

「嗯，那拿來！」

高韞說著，一邊向艾萊恩伸出掌心，繼續低頭撈麵，沒有注意到對方露出不知所措、驚慌的小表情。

看著朝自己遞來的手掌，艾萊恩心裡上上下下，腦袋聯想到之前在社群上看過的寵物影片。

影片裡，主人們會把手伸向自家的狗狗貓貓，然後寵物們會乖乖自動把頭靠在主人手掌上，用安心信任的眼神望著主人，是充滿療癒感的可愛影片。

所以……現在……

是要學那個嗎？

「拿過來啊？」高韞勾動指節催促道。

「啊！喔喔。」

艾萊恩糊里糊塗地應聲，放下內心的糾結，緩緩俯下身，把自己的下巴輕輕放在高韞手上。

感受到手心上軟呼呼又有些刺人的觸感，高韞驚訝地回頭。只見他呆了一秒後，隨即爆笑出來：「碗啦！我說的是碗啦！我是叫你把那邊的碗拿過來。」

聽見對方的話，艾萊恩斜眼掃過流理臺上的碗筷，知道自己誤會了，臉頰不禁一陣潤紅。

「呃、呃，不好意思……」

艾萊恩尷尬地笑了，當他要起身時——

「誰說你可以起來啊？」

高傲的口吻令下，艾萊恩腦袋開始發熱。

「那是……」

「就這樣去拿。」

艾萊恩大大的眼珠轉了幾圈，遲疑一會後，維持著頭放在高韞手掌上的姿勢，彆扭地彎著腰伸長手臂，努力抓撈流理臺上的碗。

看到對方為達成自己的命令，顯現努力卻又笨拙的樣子，高韞的嘴角揚起滿足的笑意，彎曲指腹磨搔艾萊恩的下巴。艾萊恩下顎微微長出來的鬍渣有點扎手，但高韞發現自己似乎愛上了這種微刺的觸感。

「呵，你很棒。**可以起來了。**」

終於艾萊恩順利拿到碗，高韞遞出稱讚。

眼前人有別於之前不苟言笑的印象，高韞的笑容讓艾萊恩迷了魂。他渴望獲得高韞的更多愛撫，想聽見他誇讚自己的聲音，還有他展現的小任性，此刻的一切是那麼美好。

他多希望這份美好只有自己獨有。

另一方面，艾萊恩不同於外顯個性的英氣昂揚，私下有些靦腆、害羞、不知所措的表情也深深牽動高韞的內心。

他想獨占這隻大貓所有的柔軟，享受他私下所有不為人知的表情。兩人的意念濃烈，名為愛戀的氣息流動在彼此凝視的眼神中。

此時無聲勝有聲，高韞並未收手，他繼續緩緩搔弄艾萊恩的下巴，而艾萊恩凝視著高韞的眼睛，緩緩眨了眨眼，用鼻尖主動磨蹭高韞的掌心。

對貓科來說，凝視對方的眼睛，然後慢慢眨眼的舉動是一種傳達愛意的方式。即便不知道高韞是否曉得這件事，但艾萊恩還是克制不住，用天性表達出自己的情感。

他意識到自己是真的對他產生情愫了。

雖說相識的時間短暫，但愛情總是來得出奇不意。

愛撫持續了片刻，直到熱湯滾沸溢出鍋子、發出滋滋聲，他們才回過神來。

高韞將有點煮糊的麵條舀起來裝進碗裡，交給艾萊恩端到客廳。

這棟警用宿舍原先是規劃給攜家帶眷的員警使用的，不過高韞的雙親最後沒能入住，過大的客廳裡堆滿雜物，失去了團聚的功能。

見到矮桌上堆放著大包小包的箱子，艾萊恩不自覺地皺起眉頭，心裡不禁想著高韞究竟有沒有好好吃過飯。

「抱歉，搬來後一直沒時間整理。」

發現艾萊恩定在客廳，高韞才驚覺桌上竟沒一處空位，趕忙洗了手跑過來。

平時他自己都是外食解決三餐，偶爾下廚幾次也是煮點簡單的東西而已，站在廚房吃完就順道洗了，沒什麼使用客廳的機會。

高轀一邊整理堆成小山的行李，忽然意識到，自己許久沒有與人一起吃飯了。收拾的同時，內心隱隱泛出暖意。

他東挪西挪，快速移出一個空位。就在他騰出一個裝冬日棉被的大紙箱，準備拆開壓扁時，卻被艾萊恩叫住。

「等等——」

「嗯？」

高轀正疑惑，下一秒只見艾萊恩搶過紙箱，雙手抱膝蹲坐進紙箱裡。

「呃……」這一幕看得高轀有點傻眼，他咳了一聲，「那個……旁邊有沙發，你有發現嗎？」

「嗯。我知道，三人座的嘛。」艾萊恩點點頭，興奮異常地繼續道，「但是我覺得這不錯。」

他嘴上說著，雙手還不忘摸摸紙箱邊緣。

「可是那不是椅子。」

「但我覺得這很不錯。」艾萊恩眼睛發亮，又重複一次。

「可以，你好就好。」

高轀聳聳肩，任由艾萊恩賴在紙箱裡。

他擦擦桌子、擺好碗筷，接著把整疊灌水的資料照時序攤在桌上，兩人開始一邊吃一邊研究案情。

「雖然這些案件看似隨機，但還是有相似之處的。」

剛才的深度連結消耗了不少熱量，艾萊恩兩三口就把麵吞個精光，他喝下最後一口湯，順道做出總結。

「你是說被害者之間吧。」

「你也發現了？」

「要是比你晚發現，那我可以去跳樓了。」

高轀咬著筷子，空出手將資料翻到最後幾頁。

上面印著幾名受害者的大頭照，他指著第一格照片說：

「從最遠的市區說起，一開始的受害者是黑貓獸人，再來是棕鬣狗、灰狼，最後是前幾天的黑豹伊凡。可見凶手挑獵物是有喜好的，他偏好挑選毛色較深、肉食系的獸人下手，而且被害者都是男性，看來犯人對男性抱持很大的敵意。」

由於女人較柔弱，一般傷害案件的受害者為女性居多。會專挑選男人下手，可見嫌犯對男性有著極強的恨意。

「而且他有越來越大膽的趨勢。」艾萊恩斷言。

「對，從家貓到獵豹，他似乎覺得自己無所不能了。」

這正是連環犯罪案凶嫌的可怕之處。一旦他躲過了幾次法律的追捕，便會覺得自己永遠不會被抓住，犯罪手法也會越發大膽凶殘。

雖說尚未有死者出現，可是搞出人命只是時間問題。

「但他踢到鐵板了。信心越膨脹越容易掉以輕心，凶嫌應該沒料到伊凡身手矯捷。」

手上的調查報告指出，在伊凡案件的現場採集到的血液樣本中驗出了兩組DNA，一組是伊凡的，而另一組極有可能是嫌犯的，表示伊凡與嫌犯有過一番近身搏鬥。

「沒錯，這位嫌犯之前都是傷了人後立刻撤退，只是他沒想到這次伊凡的反應比他還快，並在他還沒收手時就做出反擊，結果連自己也受傷了。」

「不過這四位被害者生活區域既沒有重疊也互不認識，到底是在哪裡被凶手鎖定的？」

艾萊恩雙臂環胸，兩道眉毛糾得死緊，嘴裡喃喃自語沉思起來，但前後推想了好一會，始終得不出結論。

照理講，肉食系獸人擁有天生的體格優勢，凶手若是一般中等體型的人，根本難以一次扳倒獸人，更何況伊凡任職救援隊多年，神經反應極其靈敏，怎麼可能會輕易被擊倒。

再說，凶手若是體格強健，那必然不容易混跡人群。

但……前幾名受害者周圍的監視器畫面中並未發現做案的車輛，或是特別高大魁武的可疑人士。沒有嫌疑人可供調查，偵辦起來彷彿大海撈針，這也是這些案件始終膠著的主要原因。

「總之這份報告的功能到此為止，我明天會聯繫各個有關單位，調出這些被害者三個月的足跡還有消費紀錄，查查他們曾經造訪過哪裡。」

「看來是場浩大的工程。」

「土法煉鋼雖然慢，但一定會有收穫的。」

艾萊恩點頭：「對了！聽說伊凡過幾天會出院，我們一起去拜訪他吧？說不定能問出有用的線索。」

「也是，能親自聽伊凡闡述詳細的案發經過是最好不過的。只是……之前聽說他謝絕訪客，也不知道什麼原因。」

「呃，那個啊……他只是想好好休養罷了，我想這次有我加入調查，伊凡會願意跟我們談談的。」說到這點，艾萊恩瞬間有點難以啟齒。

事實上，當初他聽到伊凡大隊長謝絕會面時也擔心得不得了，一日照三餐準時打電話問候，最後伊凡的太太才不好意思坦承，伊凡是因為面子問題，不想讓後輩看見他受傷臥床的窘樣，所以謝絕所有會面，等傷好時會邀請大家好好聚一聚，慶祝出院的，艾萊恩這才放心。

「那要拜託你多溝通了。」

「應該的。」

艾萊恩說完，順勢打了個大哈欠，視線跟著迷濛起來，他趕緊甩了甩頭，試圖保持清醒。

「昨晚沒睡好？」

「昨晚值勤。」

聽見艾萊恩的回答，高轀猛然想起自己一早就去救助中心堵人的事。

「今晚也值勤嗎？」

「對，八點。」艾萊恩又克制不住打了哈欠，看了看錶，指針顯示下午四點，扣除車程，他沒剩多少時間補眠，「我該回去了。」

「不如在這裡睡一下吧？離救助中心也比較近。」

高韞一邊說一邊拍了拍身旁的沙發，示意艾萊恩留下來。

「我睡著時習慣獸化……會壓壞沙發的。」艾萊恩不好意思地說，找了不算藉口的藉口禮貌婉拒。

只不過一對垂下的獸耳悄悄洩漏了他的期待，眼珠在高韞與沙發間遊移，就是沒轉向大門。

他一定不知道自己現在的樣子多惹人憐愛吧。

高韞抿唇，隱忍著笑意。

「那，要睡床嗎？」他問。

此時烘衣結束的提示聲從陽臺傳來，但兩人都刻意忽略了那擾人的聲響。

◆

午後原本晴空萬里的天色漸暗，沒一會就下起了一場雷陣雨，雨水傾倒，沿著雨遮墜落，譜出滴滴答答的節奏。

而艾萊恩現在正化作獅形，毛茸茸的腦袋枕在高韞柔軟的腿上打盹。

他還是不習慣在人前展現尾巴，只好有些彆扭地將尾巴夾在腿下，但聞著高韞的味道以及聽見對方呼吸起伏的頻率，令艾萊恩感到安心，為案子煩憂的心情逐漸沉澱下來。

好舒服的感覺。

他好喜歡這種慵懶的氣氛。

小時候他非常喜歡枕在媽媽的腿上睡覺，但是弟弟們出生後，那就不再是自己專屬的位置了。他知道自己成為哥哥，有些事情必須學會忍耐。

今天久違地享受到膝枕，艾萊恩全身放鬆，彷彿散了骨頭，像泥一樣癱在床上，瞇著眼發出滿足的呼嚕聲。

「真是的，搔下巴真的有這麼舒服嗎？」

艾萊恩點點頭，拉長一聲呼嚕以示喜歡。

聽見如低音砲的呼嚕聲，高韞唇線微微上揚，彎出一抹好看的弧度。他的手指順著艾萊恩的呼嚕聲緩慢有規律地撫摸他的下巴。他的力道很輕柔，好似在安撫一個孩子。

這是高韞從父母身上學習到，表達愛的方法。

「獸人好像都喜歡被撫摸……我的父親也喜歡母親這麼做。」話語到此，高韞頓了一會接著細如蚊聲地說道，「不過正確來說，我應該稱呼父親為繼父才對。」

此刻艾萊恩猛然睜開眼，他曉得撫摸他的人正在向自己敞開心房，自己只要靜靜聆聽就好。

與高韞相望片刻後，艾萊恩慢慢闔上眼睛，往高韞懷裡蹭了一下。雖然是閉眼的狀態，但他的一對耳朵微微豎起，保持傾聽的模樣。

高韞見狀，不禁會心一笑。

——從他有記憶以來，在身邊陪伴自己的父親一直是高大又魁武的狼人。

天真的孩童時期，高韞並沒察覺到自己的家庭和別人有什麼差別。直到他逐漸長大，經歷過搬家、就學，才知道自己的家庭叫做組裝家庭。

不過即便是組裝家庭，即便知道父親與自己並不一樣，但那又何妨呢？

身為狼人的父親盡全力給他完整的父愛，高韞知道自己享受的世界與其他小孩的沒有不同，自己是幸福的。

他一直這麼認為。

直到他學年越升越高，高中、大學直至出社會，他才體認到自己對這個世界存在著如此嚴重的誤會。

縱使世界文明已經有極高的包容度，可是在人類建立的制度堡壘裡，不同群體間依舊隱存著各種歧視。

在人類眼中，處處替獸人說話的自己行為詭異，而在獸人族群裡，身為人類的自己本就是異族。

非我族類，必有異心，高韞到哪裡都融入不了群體。

他既不被人類接受，也成為不了獸人，兩邊都不是的他在社會上逐漸感到寸步難行，執意尋求中間值似乎不是聰明的決定。

很長的一段時間裡，他為此感到困惑與痛苦。

高韞的母親當然看得出兒子的困擾，畢竟知子莫若母，於是在母親的建議下，高韞決定申請轉職，請調到狼人繼父的家鄉。這是個獸人與人類相處和諧的城市，一家人還約定調職成功就要舉家搬回來。

殊不知他遞出調職申請不久，就發生父親意外咬傷人的衝突，檢警內偏頗的聲浪排山倒海，原就看他不順眼的人發動的排擠攻擊更是從四面八方壓來。

高韞原以為忍一時便能風平浪靜，從不主動反駁，殊不知命運總讓人猝不及防——父親關押受難的期間，高韞的母親在趕赴庭審的途中突遇車禍，陷入昏迷。

他的世界一夕間支離破碎。

不僅母親未來堪憂，牽絆至深的父親還被羈押在拘留所，等待遙遙無期的判決……而高韞對這一切束手無策，有生以來第一次感到如墜入無底洞般的徬徨與無助。

縱然他擁有Dom的基因，擁有發號施令的權力，但在生命的斷口上，他竟無權命令任何一個人留在他身邊。

對命運不行，對司法也不行……

高韞微微低下頭，逗弄似的撥弄艾萊恩的鬍鬚，看見懷中的獅子抽動嘴角，高韞似海棠花瓣的嘴角勾出了笑意，他悄悄挨近艾萊恩的耳際輕輕呢喃：

「如果你決定走進我的世界……就別離開我。」

他保持著微笑，愛撫的手沒停止，不過他散發出來的氣息哀傷得讓艾萊恩不禁止住了呼聲。

所有言語的安慰，在傷痛面前似乎都失去了意義。

艾萊恩沒睜開眼睛，假裝自己已經沉沉睡去，安靜地陪伴這個傲骨卻孤獨的靈魂。

高韞的話語並不是命令，聽起來反而更像卑微的哀求。

縱使不是命令，但艾萊恩清楚地知道，自己必定會用一輩子去完成高韞所說的話。

無關於他們D與S的相合性，他純粹想滿足這個人所有的心願。

僅此而已。

第六章

吱嘰——吱吱——嘰吱嘰——

幾群麻雀在一片綠油油的草坪上爭搶著食物，其中一隻體型嬌小的鳥兒剛成年的羽翅上還冒著薄絮，總搶輸其他較大的成鳥，每回都被擠到後頭。

「別搶別搶，大家都有。喏！」

李里亞看見這一幕，特地將穀米撒到嬌小麻雀的腳邊。

眼前打理乾淨的草坪連著一間開放式的歐式平房。這裡是伊凡家的後院，今日救助中心沒執勤的夥伴齊聚一堂，來探望這位救援隊的大前輩。

熱情的伊凡夫妻為了後輩們的到來，還特地在庭院裡辦了小茶會招待大家，順便慶祝伊凡出院，歷劫歸來。

一群人吃著茶點，你一言我一語地暢談聊天，吵鬧程度完全不輸吱吱喳喳的麻雀，充滿綠意的後院氣氛熱絡，生機蓬勃盎然。

「大隊長，明明是我們來探望你耶，怎麼變成你們請客？」艾萊恩皺起眉頭，接過伊凡遞過來的杯子蛋糕。

「就是說嘛，這樣我們多不好意思。」另一位隊員也附和道。

「哈哈哈哈哈！看來我要多受幾次傷才行，這樣大家才有機會可以相聚。」伊凡咧開嘴爽快大笑。

「你啊，別看見孩子們來，就高興到腦袋一熱，張嘴亂說。也不想想我工作、醫院兩頭跑，累都累死了，下次要是再住院，自己請看護。」

伊凡的太太雖然看起來是名嬌弱的人類女子，但她可沒在怕獸人老公，聽到伊凡嘴上胡說，立刻彈了他的額頭嬌斥幾句。

疼愛妻子的伊凡當然是舉白旗，端出笑臉跟老婆賠不是：「哈哈哈哈哈！好好好，是我不好，我不開玩笑、不開玩笑。」

「真是的，都不懂我們在旁邊的人多緊張。你那時腿被紗布包得像粽子一樣，每次幫你換藥我看了就怕。以前在救援隊也沒看過你受這麼嚴重的傷……」伊凡太太緊緊握住胸前的水晶墜鍊，雙眼顫抖，想起接到警方通知的剎那，仍心有餘悸。

「哎呀呀，老婆妳辛苦啦，妳看，我現在不是好了嗎！都是託妳照顧的福，我才能復原得如此迅速。今天找大家來是為了慶祝，所以住院的事就別提了啦。」

發現老婆又要碎碎念，伊凡搶先一步開口接話，阻止老婆再說下去，否則把他換藥時大呼小叫的模樣都洩漏出來，往後他在後輩面前哪抬得起頭。

隊員們也被伊凡大隻佬卻妻管嚴的互動逗笑了，一群人又哄鬧起來，時光在歡樂中不知不覺流逝，直到李里亞提醒眾人換班時間，大家才依依不捨跟伊凡告別。

由於艾萊恩接下來約了高韞要和伊凡請教案情，於是主動替行動不便的伊凡送大夥到路口。沒想到一行人還沒走遠，便看見李里亞獨自折回來。

「怎麼了？忘了東西？」艾萊恩疑惑。

「不是的，我是想……想請隊長幫我一個忙！」

李里亞躊躇了幾秒，雙手合十拜託道。

「你說。」

「請隊長把手借我。」

「手？」

聽聞這樣的請求，艾萊恩更疑惑了，但還是照著伸出左手。

「太好了，借我量一下喔。」李里亞露出感激的眼神，只見他拿出一條繩子圈住艾萊恩的手腕，歪著頭問：「這個位置隊長會覺得不舒服嗎？」

「好像……還好，但手腕彎曲的時候有一點緊。」

「那再鬆一點呢？」

「好像還可以。」艾萊恩試著再次彎轉手腕，忍不住猜測問，「你到底在做什麼啊？古靈精怪的，是想送手練給彼得？」

被說中心事，李里亞先是一愣，然後羞怯地垂下頭，不好意思地承認：「嗯，對啦……我想買一條水晶的手鍊給他當生日禮物，剛好看你們手圍好像差不多，想借量一下。」

「對喔！那傢伙生日快到了。」

「就是下週。」

忽然想起好戰友的生日將近，艾萊恩歪著頭，心中盤算著要如何拗彼得請喝酒。不過他思考的樣子讓李里亞誤以為自己選的禮物不合適。

「……果然……送男生水晶手鍊很奇怪？」

李里亞認真地在繩索打上記號結，見艾萊恩突然沉默，不禁縮瑟了一下肩膀，小心翼翼詢問。

「沒有的事，別誤會，我只是聯想到其他事情而已。」艾萊恩揮了揮手趕緊澄清，「不過話又說回來，最近似乎挺流行水晶的？我看伊凡太太戴的項鍊也是水晶。」

「對對對，現在很流行水晶飾品，因為水晶有驅邪避凶的功能，拿來當護身符非常適合。」李里亞一邊說，眉頭不知不覺地蹙起，「其實我是看見伊凡大隊長發生的事，忽然感到有點害怕……一想到救援工作有極高的危險性，就想送條象徵平安的手鍊給他。」

救援隊雖說不是每天都會發生上山下海的危難事件，但緊急救援有許多時候都是要賭上性命的。李里亞本就是容易擔心的個性，如今看見身旁的人發生重大事件，內心越發煩憂。

「雖然一條手鍊起不了實質的作用就是了，就當作自我安慰吧！」

李里亞說著說著，苦笑了一下。

「不要這樣想。」

「咦？」

艾萊恩正經的聲音令李里亞愣了一下。

「隊長的意思是……」

「要相信心念是強大的。擁有一顆祈願他人平安的心，就是最強大的力量。救援隊每次出任務都是抱著這樣的信念喔。」

許多年以前，伊凡曾告訴他這句話，今天他將這句話轉送給李里亞。

艾萊恩露出溫柔的微笑，對著像自己弟弟的李里亞說：「你不要擔心，能獲得戀人精心挑選的禮物，我想沒有人會討厭的。你難道不喜歡彼得送禮物給你？」

收到艾萊恩的疑問，李里亞先是愣了愣，隨後貌似想起了什麼，小小聲說：「不討厭。」

「對吧？而且讓對方戴上自己送的物品，感覺很類似我們（獸人）刻意留下咬痕，或是用氣味的標記所屬物的舉動，我想彼得一定會開心的。」

「是、是這樣嗎？那就好。」

李里亞害羞地低下頭，一想到彼得戴上自己挑選的手鍊的樣子，一張圓潤的臉蛋不自覺露出微笑。

看見李里亞高高的顴骨下有兩點可愛的酒窩，艾萊恩眨眨眼睛，心思又飄遠了。

酒窩。

高韞的唇邊也有一個淺淺的小酒窩。

只是不知道他本人有沒有發現？艾萊恩回憶起那天在水池旁初見高韞的笑容，嘴角自然地揚起。

但好巧不巧，這一幕剛好被前來的高韞撞見。

這幾天他調出所有被害人的足跡以及通聯、消費等紀錄，無奈因為資料龐大，難以找到切入點，與艾萊恩商量過就決定相約，和伊凡一起討論案情，看看能否理出突破口，卻不料遇上艾萊恩與李里亞兩人在巷口親暱的場景。

雖說高韞心底清楚李里亞已經有了摯愛的另一半，與艾萊恩是同事，又都是S，親近一些無可厚非，可……目睹艾萊恩在別人面前顯露眷戀的神情，還是讓高韞心頭產生一絲難以名狀的情緒。

他退回幾步，轉身進入路邊的商店為自己買了杯罐裝黑咖啡，壓一壓躁動的思緒。等看見李里亞走遠後，他才與艾萊恩會合。

從落水意外那天起，艾萊恩幾乎每天都會和高韞見面，交代每天的調查進展，兩人的親近度直直飆升。現在看見高韞從轉角走過來，艾萊恩有種彷彿在戶外約會的錯覺，心中莫名有些期待，略為靦腆地向高韞招招手。

「怎麼晚了？是路上發生了什麼意外嗎？」

艾萊恩看著比預定時間超出十分鐘的錶針，眼神憂心地問道。

「什麼都沒發生，我很準時的。我只是不想打擾你和李里亞聊天，先到店裡等一下而已。」高韞舉了舉手中的罐裝咖啡。

「呃……因為彼得的生日快到了，李里亞只是問我彼得會喜歡什麼禮物而已……」

知道高韞看見剛才他們手拉手的樣子，艾萊恩心海翻攪，急急忙忙解釋。

雖然他也不知道自己為什麼要解釋。

「嗯哼，彼得喜歡什麼與我無關吧？」高韞輕輕哼聲，將厚厚一袋卷宗用力塞到艾萊恩手上，「這個才是要緊的事情。」

即便高韞面無表情，語氣也沒什麼變化，不過從他身上散發出一股淡如沙漠般乾燥的氣息，艾萊恩知道——高韞生氣了。

高韞撇頭看了眼有些驚慌的艾萊恩，逕自按下伊凡家的門鈴。

「萊恩，請吃水果。」

伊凡的女兒伊悅笑臉盈盈，不停將一盤盤豐盛的水果拼盤堆到艾萊恩面前，盤子滿到都快看不見桌面了。

「謝謝妳，伊悅。」艾萊恩道謝。

「我說寶貝啊，剛剛那麼多人在，怎麼都沒看到妳出來幫忙？現在只有萊恩和高刑警兩個人就變得這麼熱情？」

「哪有！我、我……那是因為剛才人很多，我都在廚房幫忙好不好，是爸你顧著聊天，沒看見！」伊悅羞怯地扭著手指，反駁爸爸的調侃。她臉頰迅速染上嫣紅，宛如兩朵清晨綻放的玫瑰。

說完，伊悅轉頭跑上樓，躲進房間。

哎呀呀呀，真是女大不中留啊。

看到女兒害臊的姿態，伊凡與太太十分有默契地相互對望一眼，紛紛在心中感嘆自家寶貝長大了。至於女兒心儀的對象，伊凡可說非常滿意，畢竟他從艾萊恩年幼時就認識，一路看這頭紅毛小獅子長大，幾乎等於是半個兒子，對於艾萊恩的人品與性格讚譽有加。

倘若艾萊恩也對伊悅有意思，那真是再好不過。

沒錯，要是如此就再好不過了。

艾萊恩也喜歡伊悅，只不過，是疼愛妹妹的那種喜歡。

身為家中老大的艾萊恩常常幫忙媽媽與兩個弟弟搏鬥，隨著弟弟們日漸長大，三個男孩的家庭哪天不是雞飛狗跳。好脾氣的艾萊恩常被弟弟們搞得灰頭土臉，伊悅對比搞破壞的弟弟們，就像是一股柔和的暖陽，只要看著伊悅紅撲撲的臉蛋，艾萊恩就覺得很幸福。

他發誓會保護好這個小妹妹。

身為長輩，伊凡當然看得出艾萊恩將伊悅視作家人的情感，心裡頓時升起一抹小無奈。

看來女兒的情路注定有些顛簸。

「那你們忙，有什麼需要再叫我。」

伊凡太太將一壺茶放在桌上，安靜地關上房門。隨著女人們的離場，三個男人立刻回到嚴肅的案情之中。

充滿愛心的水果盤被請到一旁的茶几上，偌大的餐桌取代會議室裡的討論牆，布滿密密麻麻的資料以及現場取證照片。

「我們這幾天比對過受害者們的足跡，可是依舊沒有發現他們生活有重疊的範圍。想問問伊凡先生認識這些人嗎？」

高韞指出一份印著受害者頭像的資料，十足十的刑警口吻。

「這個嘛……」伊凡兩眼瞇成細線，舉著照片來回看了好幾遍，慎重搖頭：「我對這些人沒印象。他們不是學校的教職員，也不是家長，雖說學校的家長很多，但是我對記憶力挺有自信的，你也知道我的工作就是負責學生的安全，不可能讓孩子被不認識的人接走。」

伊凡任職於明星學校又設立在郊區，學生通學不外乎家長接送。時間久了，即便沒說過幾句話，他也能認得面孔。

「明白。那我想其中存在著幾種可能：一是我們確實有疏漏，二是凶嫌是隨機作案，雖然隨機作案的機率很低，但也不能排除這種情形。第三是……」高韞沉默了好幾秒才續道：「第三是犯人心思相當縝密，他擁有反偵察的能力，並細心挑選過每位被害者的背景，確認他們互無關連才下手。」

語畢，現場一片寂靜。

他們都清楚，若是如高韞所說的第三種可能，那這件案子將會陷入拉鋸戰。

「一定有關聯的，只是我們還沒發現，因為犯人就是這些被害者的關聯。你們想想，被害者之間的相聯性已經這麼少了，表示只要我們找出這一層關係，與犯人的距離就只差一步。」

艾萊恩打破僵局，露出果決堅毅的眼神。

「好論點！！」伊凡稱讚道。

高韞的嘴角則勾起淺淺的笑意。

換個角度思考，有時會發現事情並不複雜。

但往往越是簡單的障礙會越難看清，他們該如何化繁為簡呢？

「說得倒是，總之要麻煩伊凡先生再講一次案發當時的情形，越詳細越好，就算是微不足道的事情也沒關係。」高轀認真地說。

刑警的專長是抽絲剝繭，對旁人而言細枝末節的小事，都有可能成為破案的至要關鍵。

「我知道了。」

聞言，伊凡點點頭，沉默下來，像是在平復內心，幾分鐘後才娓娓道來事發當天的經過……

暑假期間不用迎接學生，伊凡的上班時間從早晨六點調整為八點。

他記得很清楚，那天剛打完卡，郵差就出現了。他遞給伊凡一疊信件，還有幾箱學校訂購的教具，例行公事簽收完後便揚長而去，伊凡則低頭分類信件。他整理出幾封字跡、屬名模糊的信，可能是運送過程中不小心淋了雨的關係，於是他戴上眼鏡仔細檢視，努力辨識字樣。

同時間，他聽見背後傳來一陣細碎的腳步聲。

其實有那麼一瞬間，他感覺來者像是特意放緩腳步走路的樣子。

不過因為寒暑假中行政人員必須照常上班，校內並非無人往來，導師來補班或有人來拜訪都是很正常的事。況且，也有人走路緩慢沒有聲音，因此當下伊凡不以為意，仍埋頭與模糊的字跡抗戰。

「可是當我發現不對勁的時候，已經來不及了！」說到這段，伊凡平時威嚴懾人的雙眼透出罕有的顫抖，「我聽見腳步聲踏進了警衛室，我剛轉頭，那傢伙的刀就刺過來了！然後我聞到超級噁心的味道！」

那是惡意的味道。

下刀的剎那，犯人像捉到久違的獵物般壓抑不住狂喜，釋放出噁心濃厚的惡意。

疼痛由下腹擴散，伊凡雖然錯愕，但矯捷的身手比大腦反應還快，他反手奪過刀子以反擊。

殊不知對方的力氣出乎意料得大，兩人出現短暫的僵持，嫌犯也在過程中受傷。

這時有幾名教職員聽見異響跑出來，嫌犯才棄刀逃跑，老師們驚慌失措地連絡警方，而伊凡下意識地撥通最熟悉的救助中心電話。

之後造就了高韞與艾萊恩的初次相遇。

「那傢伙雖然遮住了臉，但看得出來是人類。他不高但力氣很大，絕對不是普通人，我敢斷言他是個Ｄｏｍ！因為普通人類是不可能把自己的情緒藏得這麼滴水不漏！」伊凡肯定道，激動握拳的雙手青筋畢露。

「等一下……你是說……你認為凶嫌是人類的Ｄｏｍ，能有意識地隱藏自己的情緒？是這個意思嗎？」高韞發問。

「怎麼？你不知道人類的Ｄｏｍ也能隱藏情緒嗎？」

艾萊恩詫異地看著高轀，驚訝他身為D卻不知曉這件事。

「我怎麼會知道？人類又聞不到情緒，根本無法判定自己有沒有隱藏啊。」

「原來高刑警是Dom嗎？」伊凡驚訝地問。

「我是。」高轀坦承，「但我從來不知道人類的D能隱藏情緒，我連聽都沒聽過。」

聽見高轀的話，艾萊恩渾身一僵，記憶頓時倒回在市政廳參加會議時，高轀受到康格汙辱的情景，說道：

「那天我們去市政廳開會時，康格不斷挑釁你，但你半分不悅的情緒都沒有，直到我們進電梯後我才聞到你不開心的味道，我以為是你全程抑制住自己情緒的氣味。」

獸人承襲了野獸伏擊的天性，隱藏氣息已成了本能，伊凡與艾萊恩當然認為擁有Dom基因的人類也能控制情緒味道，但其實不是那麼一回事嗎？

「抑制情緒的味道？沒有，我並沒有刻意那樣做。」高轀搖頭否認。

他雖然能壓抑情緒，但他真的無法判斷自己是否有控制味道。

「原來如此，我懂了。人類的D目前仍占少數，你們的確擁有控制的權力基因，但嗅覺卻沒有發展起來，沒察覺到自己有這項能力也很正常。」伊凡點點頭，說出自己的推測。

「可見沒有刻意不代表做不到。如果大隊長的推論成立，那所有疑惑的點都說得通了。我想那個犯人也一樣，他不知道自己能抑制情緒味道這件事，所以他攻擊你的時候按捺住了情緒，卻沒想到同時壓抑了氣味，之後當他以為自己攻擊成功，便得意忘形地釋放出惡毒的氣息。」

艾萊恩靈光一閃，話越說越快，像是用倒出來的，而不是講的。

「這樣看來凶嫌是人類的Dom沒錯……啊！這是我單方面的定論，不一定對。」伊凡收回激動的情緒，理性建言。

可高轀卻彈了個響指，同意了伊凡的推論，他眼色一沉說道：

「不。我認為很有可能，甚至非常有道理。」

人類Dom的體能與力氣的確可以與獸人抗衡，由於是普通人類的體型，犯案後容易隱身於人群之中，如此一來監視器過濾不出可疑人士的疑惑就有解了。再者，獸人天生體型較高大，一般對人類不會太有戒心，因此嫌犯的人類外貌成了最佳的掩護，若他真的能壓抑氣味，就等於偷襲成功的機率加倍了。

高轀腦袋快速轉動，思索著伊凡方才的話，一雙鳳眼緊盯著艾萊恩和伊凡，眼神銳利得彷彿能削去鋼鐵，片刻後他開口：

「請問兩位對我體型的第一印象是怎樣的呢？」

「怎麼突然問這個？」艾萊恩不解。

「老實說就好。」

「我覺得你太瘦了，小小隻的，跟我女兒差不多。」相較於艾萊恩的猶豫，伊凡大方說出自己的看法。

「你呢？」高轀將視線轉向艾萊恩。

「嗯呃……是有點瘦啦……」

提到高轀的身材，艾萊恩也有些結巴，他不禁聯想到高轀一絲不掛地跨在他身上的模樣。

不行、不行、不行，艾萊恩你正經點，現在可是很嚴肅的場合！

「所以在你們眼裡，我是偏瘦弱的體型？」

「可以這麼說吧。」

收到答案，高轀點點頭，並挑出一份用各色螢光筆註記的資料，開始一頁頁翻找起來。

他拿的是受害者對嫌犯的目擊陳述筆錄。

有時警方不會全盤接納受害者的證詞，而是採取保留的態度，原因無非是受害者在高度緊張的情緒及肉體傷痛之中，經常會出現過度放大痛苦、將證詞誇張化的傾向，有時甚至出現替代的記憶，講出子虛烏有的事件經過。

然而，被害者往往察覺不出自己講了不符合實情的陳述。站在客觀的角度，一條條核實這些內容是刑警的工作之一。

高轀翻頁的手停在最後幾頁，指著其中幾行證詞給艾萊恩和伊凡看，說道：

「因為這些案子都是背後偷襲，只有上次我救的狼人說他疑似有瞥見攻擊他的人體型瘦弱。我當下覺得他形容的嫌犯特徵準確度有待考量，不過今天聽到伊凡先生說這番話，我想確實有可能。」

身高一百七十六公分，體重六十一公斤的高轀在人類中屬於正常身形，但在獸人眼裡卻是偏瘦的樣貌。他們先前忽略了種族差異帶有視角的不同，並未把狼人的證詞放心上，如今看來……

「嫌犯是人類Dom的機率很高。」艾萊恩思量道。

「兩位先失陪一下，我必須打個電話去實驗室，看看上次採集的血液樣本能否驗出Dom屬性的DNA。」

高轀禮貌地朝伊凡指了指院子，徵求使用的同意，得到允許後他來到院子裡掏出手機。期間他不時皺起眉頭，另一手有一下沒一下煩躁地撥弄頭髮，看似溝通遇上了阻礙。

在室內的艾萊恩看出高轀的困境，想必此刻他正在與電話那頭的推託說詞周旋，接著艾萊恩又想起在市政廳的那場不受重視的會議，不由得露出心疼的眼神，沒發現自己擔憂的表情全被伊凡看在眼裡。

「我說你啊，未免太好懂了。」

伊凡啜了口茶，頗有寓意地掃了艾萊恩一眼。

「嗯？大隊長？你剛剛說什麼？」

「我說你太明顯了。你喜歡那位刑警對吧？」

「咦咦咦！！這、我……」

「剛剛想了什麼不該想的！味道都暴露啦！」

面對伊凡投過來的直球，艾萊恩躲也不是，接也不是，只能當場愣住，點點頭。

伊凡見到艾萊恩被說中心事，手足無措的模樣，忽然想起跟太太第一次約會時，自己也是這番窘迫又狼狽的樣子，心裡不禁感慨起來。

男人戀愛真的會變笨。

他對艾萊恩露出心照不宣的笑容，又替自己倒了杯熱茶，眼角不經意瞥見堆在茶几上，一口未動的水果拼盤，內心無奈感嘆。

女兒啊，女兒……

看來妳的情路不是有些顛簸，而是已經結束啦！

夏日的白晝漫長，艾萊恩三人一路推演案情到傍晚，直到伊凡的太太過來詢問晚餐，他們才發現時候已經不早了。

「伊凡先生，謝謝你願意和我們討論，你剛出院應該多休息的，我們叨擾太久了，不好意思。」高韞微微鞠躬表示感謝。

「謝謝大隊長。」

「不用那麼客套啦！我在醫院休息夠久了，而且我也想早點看到那無緣無故攻擊我的傢伙長什麼樣子。」

伊凡不顧艾萊恩的好意，堅持送他們到門口，他一跛一跛地來到玄關，碰巧伊悅也從房間出來。她不僅畫上精緻的妝容，還換了套絲柔碎花的連身洋裝。

「伊悅也要出門嗎？這件衣服很可愛喔。」

看見打扮宛如洋娃娃的小妹妹，艾萊恩衷心稱讚。

「謝謝萊恩，我正要去跟朋友吃飯呢！」獲得心上人的讚美，伊悅喜上眉梢，甜美的笑容藏都藏不住。

「那我順道載妳去車站吧？」艾萊恩順勢提議，伊悅連連點頭答應，有機會能和喜歡的人多一分相處，怎麼可能拒絕呢。

另一邊，伊凡看女兒滿臉樂得開花，不好意思潑她冷水，只能笑著送他們出門。

「別玩太晚了，早點回來。」伊凡倚在大門旁朝女兒嚷嚷。

「知道啦！爸你好囉嗦！」

伊悅鼓起臉頰，古靈精怪地朝爸爸做了個鬼臉。

在旁的艾萊恩見狀，突然想起自家弟弟也常這樣對自己，忍不住會心一笑，他順手拉開前座的車門說道：「上車吧，伊悅。」

伊悅點點頭，提起裙角開心坐進車裡，艾萊恩則貼心地替她關上門。

豈料在關上門的下一秒，艾萊恩便對上高韞有些冰冷的眼眸，頓時笑容僵住，開合著嘴不知該如何是好。

「那個……我們上車吧。」

艾萊恩一邊說，想要替高韞開車門，未料高韞無視艾萊恩的舉動，逕自拉開車門，進入後座，再俐落關上門，整套動作迅速了當，未給艾萊恩任何服務的空間。

艾萊恩尷尬地收回手，頭頂圓圓的耳朵往後縮了一下。

整趟車程都是伊悅的笑聲，難得和艾萊恩同車，伊悅把握時間不斷與艾萊恩攀談。她滔滔不絕地說著流行時事或最近看到的心理測驗，希望能給對方留下開朗健談的形象，而艾萊恩也一一附和伊悅的話題。

相比前座的熱絡，後座的高韞顯得相當冷淡，他埋首於一份又一份報告中，沒有參與前方兩人的話題。

察覺到高韞刻意疏離，艾萊恩的眼角時不時飄向後照鏡，確認後座人的狀況。

至於伊悅，她情竇初開的眼睛裡滿滿都是艾萊恩，完全沒察覺到車裡的溫差，直到車子駛近車站附近，不得不下車，她才和高韞打了招呼，後者只是禮貌地點了點頭。

「萊恩謝謝你送我，下次見！高刑警掰掰！」

伊悅對艾萊恩揮揮手，眼露依依不捨的目光。

目送伊悅進入車站，艾萊恩沒有立即出發的意思，他在路邊待了好一會，等著高韞移到前座。

但一分鐘、兩分鐘過去……高韞絲毫沒有要移動的意思。

又等了一會，艾萊恩緊盯著後照鏡裡的高韞，忍不住問：

「伊悅下車了，你要坐到前面來嗎？」

聞言，高韞的視線終於從資料上挪開，由後照鏡瞟了眼艾萊恩，

「我是候補選手？」高韞揚聲反問。

「不是的……我……」

艾萊恩一陣結結巴巴後閉上嘴，耳朵垂得低低的，都快貼到後腦勺了。

上午經過李里亞的事，現在又多了伊悅，高韞此刻的心情比股票慘賠幾百萬還要青慘。

更別說艾萊恩最後的問句，根本是往他腦門補了一槍。

看眼前的人一副欲言又止，高韞沒好氣地放下資料下了車，但卻不是移往前座，而是往街邊走去。

「你要去哪裡？」艾萊恩焦急地探出車窗問。

「買咖啡。」

高韞拋下一句話，頭也不回往車站旁的超商走去。

一分鐘、兩分鐘……只見過了十幾分鐘都等不到高韞回來，艾萊恩急著撥通他的電話。

電話是打通了，但對方沒有接。

一連好幾通都是。

艾萊恩沮喪地低下頭，不知自己哪邊做錯了。

等待的時間越來越長，艾萊恩的手指敲打著方向盤，心神不寧地回想今天發生的種種。

今天他都還沒看見高韞的笑臉呢……

他一直在路邊等，直到交通疏導人員警示他暫停過久，艾萊恩才無奈地把車開往其他地方。停好車後，他立刻跑到超商找人，但可想而知，店內早就沒有高韞的身影。

他不死心，又在車站附近穿梭尋找，然而結果令人失望……

車站廣播提醒晚間七點的列車即將進站。即便進入晚餐時間，車站大廳內依舊人來人往，絡繹不絕，艾萊恩形單影隻的背影顯得些許落寞。

此時口袋裡的手機發出震動，艾萊恩秒接起來劈頭就問：「喂？高韞你在哪裡！」

電話那頭先是無聲幾秒，然後才冒出一道略細的聲音。

『隊長不好意思，我不是小韞喔。』

「啊？」

聽到對方的回覆，艾萊恩趕緊確認螢幕，發現來電者顯示是李里亞的名字後，雙肩頓時似洩氣的氣球般消沉下來。

「原來是你啊……」他嘆了口氣。

『什麼叫原來是我？你在等小韞電話？』

「也不算是等他電話，只是……唉……沒事沒事，下次見面再跟他說好了。」艾萊恩說著又嘆了口氣，決定止住這個話題。

『什麼啦，這麼忸怩很不像隊長耶。你跟小韞怎麼了？快點說嘛……不然……』

「不然？」

『不然我叫彼得命令你說喔！』好奇心一被挑起就壓都壓不下，李里亞語帶威脅開玩笑地說。

「拜託不要用這招。」

一聽到會被高韞以外的人命令，艾萊恩的心臟抖了一下。

李里亞是典型的Ｓｕｂ，外表看起來乖巧溫順，原本個性也是柔柔弱弱的，不過和彼得交往後意外地越來越強勢，上次艾萊恩也是被這股氣勢逼問出了與高韞的關係。

看來是該和彼得談談了，問問他怎麼會把李里亞寵成這樣。

『所以你要說了嗎？你想知道小韞的什麼情報，我都可以告訴你喔。』

「好好好，我說、我說。」

最終在李里亞的威逼利誘下，艾萊恩講述了事情的始末，還有現在連絡不上高轀的事。

殊不知李里亞聽完，卻發出一陣愕然。

『什麼？隊長你叫小轀去後座？』李里亞訝異地質問。

「不可以嗎？」

『也不是不可以啦，不過心情會很差吧！』

「我沒有想太多，只是覺得請客人坐前座是禮貌，誰知道他就不開心了。」艾萊恩越說越小聲。

『我的天！當然會不開心，那樣就像地盤被人占走了一樣。雖說讓客人坐前座是禮貌，但是首先要看在場是否有比客人更親近的人吧！要是我，我會把身邊的座位留給最親密的人，然後請客人到後座。』

「呃、地、地盤嗎……人類也有地盤的觀念嗎？」

地盤的譬喻精闢入理，讓艾萊恩一下子就明瞭，不自覺結巴起來。雖說自己沒有直接要求高轀去後座，但他知道當時的行為已經等同於那樣要求了。

『是不像獸人那麼明顯啦，但是人類也有地盤認知的，尤其小轀不是Dom嗎？隊長不要輕忽了Dom的控制欲跟占有欲啊。你什麼都沒說就直接把小轀趕去後座，根本是反向命令他，這對Dom來說是霸凌！』

「你幹嘛那麼激動？你又不是Dom，而且霸凌什麼的……你說得太嚴重了吧？」

電話另一頭的聲音慷慨激昂，艾萊恩可以想像李里亞揮舞著雙手，氣呼呼的樣子。

『我是在幫小韞生氣。他只是不理你而已，這已經算很好了。』

「不然你告訴我，要怎麼樣他才會消氣？你生氣的時候彼得都怎麼做？」

今天的夜空晴朗無雲，艾萊恩仰頭，將視線投向暈染成淡紫的月亮，微涼的晚風吹不走他的憂慮。

雖然自己才是貓科，但他感覺高韞更像貓一點。

有時黏人，有時高高在上，陰晴不定的貓咪。

『這……』李里亞羞澀地捏了捏嘴唇，『其實也不用做什麼，只要彼得親我一下……我就不記得自己在氣什麼了……』

親一下是嗎？艾萊恩疑惑。

李里亞接著說：『但是對象是小韞的話，我建議隊長你就直截了當地道歉吧，求他原諒你。不過……小韞會生氣，表示他很喜歡你喔。』

小時候李里亞因為笨手笨腳，總會不小心惹怒高韞。雖說對方臉色很臭，但隔天早晨高韞總會默默出現在車站前，等李里亞一起上學。

小韞就是豆腐心腸的人。

「什麼？喜歡？你覺得他喜歡我！」

聽李里亞這麼一說，倒讓艾萊恩有些吃驚。

『隊長不這麼認為嗎？』

「我只是覺得……我們的關係中D與S的成分占多數？」

語落，換電話另一頭的李里亞沉默一會，『或許多少有吧。只是我認為雖然Dom是支配者，但Sub也有權決定自己是否要被支配。隊長收到小韞的命令時，應該很高興吧？有想過是為什麼嗎？』

艾萊恩沒有回話，可胸腔中悸動不已的心跳已經回答了——

他喜歡高韞。

很喜歡、很喜歡的那種。

面對艾萊恩的沉默，李里亞也不急著接話。他跟著停頓不語，給遲鈍的隊長思考的空間，過了好一會才緩緩開口：

『我認為小韞是喜歡隊長的。D和S是命令與被命令的關係，但我覺得D跟S同時也是互相牽制的關係。S的確是很享受D的控制沒有錯，相對的，D也非常依賴S給予的服從感。沒有順從的人就沒掌權者，彼此是互相需要的，小韞會喜歡你是很正常的事。』

最為重要的是，小韞才不會在不關心的人身上顯露任性呢。

都已經說得如此直白了，李里亞希望艾萊恩能夠自己發現這點啊！

然而，艾萊恩在救助中心任職多年，看過太多控制欲凌駕於情感的Dom，那些人會徹底利用臣服在腳下的Sub，來滿足自己控制的欲求。

「……你怎麼確定他不是單純享受別人的服從？」

艾萊恩的問句有些沙啞，透出自己都未察覺的不自信。

當然，艾萊恩清楚不能以偏概全，這段時日相處下來，他知道高轀並不是那樣的人。只是年幼時期經歷過被同校的Dom用剪刀傷害、丟進垃圾桶的往事，他心底深處對與Dom建立更深一步的關係這件事，難免有幾分五味雜陳的感覺。

想著想著，艾萊恩的尾巴猛地一陣抽痛。

縱使傷口早就癒合，但每次想到這段過往，艾萊恩的尾巴都會感到莫名刺痛。

『我確定喔。』沉默片刻，李里亞凝視著替彼得選好的手鍊，語態成熟地回應，『雖然我不是Dom也不是獸人，但我是人類……人類的心情我再了解不過了。會吃醋、會生氣，這種感覺就叫喜歡。』

李里亞的一番話醍醐灌頂。

是啊，吃醋與生氣不就是最直白的情緒嗎？怎麼遇上感情，自己總會把事情複雜化？

艾萊恩抿起唇思考，半晌後以莞爾的笑容開口：「我知道了，李里亞，謝謝你，我會去跟高轀道歉的。」

『嗯嗯，隊長要有自信啊，誰不會拜倒在獅子的魅力之下呢。』

「噯！這很難說，我記得早上還有個人類，跟我說他要替喜歡的兔子買手鍊，拜託我幫忙呢。」艾萊恩開玩笑。

『哎呀隊長！真是的！早知道就不跟你聊了，真是好心沒好報。』

「哈哈哈哈，好啦抱歉，再請你喝飲料。」

『OK，那先掛——咦？不對、不對！隊長等一下！』

艾萊恩正要掛電話，被李里亞緊急叫住。

「怎麼了？」

『我都被你帶偏了，差點忘記正事。我打給你是要跟你報告之前你交代的調查啦！』

「有結果了？」

艾萊恩一聽挑眉。

隨著李里亞報告的內容，艾萊恩眉宇垮下，表情逐漸變得凝重……

第七章

影印機制式的操作聲淹沒在繁忙的警署辦公室裡。

機器吐出最後一張資料，高韞將熱騰騰的資料彙整好，獨自走進隱於角落的偵訊室。

聽前輩說這間偵訊室以前是當作倉庫使用，某次因為出現太多嫌疑者，才被臨時清出來當單間偵訊室，此後就一直空下來了。只是空間太過狹窄，連審問的警員都備感壓迫，漸漸地鮮少有人使用，這裡就成了警署裡最清靜的地點。

他抱著資料，放到老舊的桌面，順手拿起手機檢視。

一則貸款廣告、六則工作訊息、兩封網購的折價券通知。

沒了。

以上這些訊息沒有一條來自艾萊恩。

從商店出來後，高韞直接走進車站，搭車回到警局。一路上艾萊恩撥了無數通電話給他，而他一通都沒有接。

高韞也知道自己的行為太過孩子氣，跟一個小女生吃醋不是成年人該有的氣度，但車裡陌生的香水味讓他感到厭煩，暫時不想回到那個空間，於是他想都沒想就自己回來了。

或許……用「逃走」這個詞更為貼切。

可能是他真的不習慣甜膩的香水味，或者他怕自己接起電話後會忍不住發脾氣，抑或是他會直接下命令，不准再有人未經他允許就與艾萊恩並肩而坐。

可無論是哪一種，無疑都只會曝露出他對自己被艾萊恩放居次位的情況感到難堪。

所以他逃走了。

「真是難看。」

高韞咬著嘴角，斥責自己不爭氣。

他無意識地勾動指節，回想著輕搔艾萊恩下巴的情景，掌心似乎能感受到微刺的觸感。

高韞不是初嚐情愛的少年了，自然清楚自己對艾萊恩抱持著什麼樣的感覺，只是這份情愫來得太快，使他有些措手不及。雖然並不是一見鍾情，可目前的情況似乎離這句形容也不算太遠。

他一直以為自己只是不小心踩到了名為愛情的水窪，誰知伊悅的出現讓他意識到，自己其實是踏進了流沙，且早已深陷其中。

艾萊恩慵懶的呼嚕聲在高韞耳邊迴盪。

他想他的大貓了。

唉……

高韞百無聊賴地看完未讀的通知，又刷新了一次螢幕。確定沒有任何訊息，高韞閉上眼深吸一口氣，把手機蓋回桌面。

其實他剛踏進列車時就為自己的衝動感到懊悔，畢竟資料全落在艾萊恩車上。

這下好了，一時任性的後果就是不知道該怎麼開口要。本來盤算艾萊恩的下一通電話打來，他就會接，並藉機跟他說歸還資料的事，不過他從一個小時前就沒有艾萊恩的消息……

看來對方是放棄了吧。

想到這個可能性，高轀有些洩氣，眼眶深處隱約酸刺起來。

沉澱了片刻，高轀再度張眼，強迫注意力轉回案件上。快速翻了一遍資料後，他有條不紊地將手上的紙張按照時間點分類。

高轀逼迫自己全神貫注，沒發現一雙棕色眼珠正透過門上的觀景窗注視著他。

喀嚓——偵訊室沉重的大門開啟。

「我能進來嗎？」

「你怎麼……在這裡？」

門口傳來的嗓音使高轀倒抽了口氣，一雙清澈的眼盼瞅著出現在門前的人。

「我來送你寄放在我這裡的資料，還有晚餐。」

艾萊恩一邊說一邊將一袋卷宗放到桌上，順道把一個餐盒擺在高轀面前，還幫他擦拭湯匙。對他擅自離開的事半個字都沒提，用自己的方式包容高轀的小任性。

高轀愣愣地看了艾萊恩送回來的資料，跟自己喜歡的海鮮燴飯。此刻艾萊恩的溫柔彷佛是股不可抗的力量，緊緊牽住高轀的心。

「你呢？」他反問，語氣有些硬冷，但臉部的表情似乎放鬆許多。

「我不餓。」

見高轀沒有拒絕自己，艾萊恩露出欣慰的微笑，暗自感謝李里亞提供的情報。其實艾萊恩不是沒感覺餓，而是他顧著替高轀買飯，忘了幫自己也點一份。

「這家給的分量太多了，我吃不完。」

「那你先吃，吃不完再給我。」知道高轀嘴上抱怨，實際是為了自己著想，艾萊恩藏在髮梢後的眼眸笑意更濃，「快吃吧。」他催促道。

高轀是真的餓了。從中午到現在只有兩罐咖啡進過肚子，在飯香的催動下，他打開飯盒吃了起來。

看著對方一匙一匙把飯送進口中，艾萊恩懸浮的心緒才真正鬆緩。他嘴角勾出淺笑，靜靜享受兩人和好的時光，接著眼光注意到高轀列印出來的新文件。

「有發現什麼線索嗎？」他問。

「也不算發現，只是有想確認的事情。」高轀一邊吃一邊解釋。

原來去便利商店時，等候結帳的隊伍中有對夫妻正巧排在他前面。他注意到其中的丈夫選了跟自己同牌的咖啡，最後負責結帳的是妻子，在店員與妻子結帳的過程中，先生卻直接拿起咖啡打開就喝了。

撞見這一幕，使高轀對案情產生新的想法。

「我發現被害者們都是已婚男士，他們與老婆一起行動時應該有人和那個超商的先生一樣，習慣性讓太太出面打理或付錢，這樣一來他們便不會留下消費紀錄。所以先前只調查被害者的足跡是不夠的，需要連他們伴侶的資料一起比對才行，所以我請銀行提供了太太們的消費紀錄。他們這次動作挺快的。」

說完自己的看法，高韞瞥了眼桌上的紙張，用拇指抹過嘴角，把剩半的餐盒遞給對面的人。

只見盒中小卷、蛤蠣、青菜等佐料都留下了大半，幾乎沒什麼動。

艾萊恩接過沉甸甸的餐盒，先是一愣，嘴角不自覺泛起一抹微笑，收下這份好意。

「我這邊也有事要和你報告。」

高韞輕哼一聲，示意他直接說。

艾萊恩緩緩開口，前幾天他在值勤時意識到，既然伊凡受傷的第一反應是打給獸人的救助中心求救，那其他受害的獸人或許也會有同樣的反應，那是否可能有受害者曾經連絡過救助中心？

艾萊恩心想，或許通話錄音裡暗藏著蛛絲馬跡也不一定。

抱著不如一試的心態，艾萊恩拜託救助中心的夥伴幫忙調查案發區域有沒有疑似相關的求救電話，殊不知，這一查還真的有結果！

「這是李里亞剛剛傳給我的，是救助中心調出來的錄音。我發現這則通話錄音有點意思，想給你聽聽看。」語畢，艾萊恩按下撥放鍵。

接著，空氣中出現類似電子音的沙沙聲響，短暫的雜音後出現兩人的對話，其中接線員是李里亞的聲音。

『喂喂喂，是獸人救助中心嗎？』

這句疑問呈現氣音，聽得出來打電話的一方刻意壓低了嗓音。

『是的先生。請問您需要什麼幫助呢？』

『是……我……我好像被跟蹤了……』

對方說得更小聲了。

『跟蹤？請問您有受傷嗎？』

『目前沒有。』

『能具體說明您現在遇到的事嗎？』

『我不知道怎麼講……我、我只是出來河堤慢跑，然後、然後就感覺有人跟蹤我，而且好像一直靠近……總之很不對勁……』

『所以您不確定有人跟蹤你對嗎？』

『不，我確定，因為我聞到不好的氣味……真的是很不好的氣味、我不敢回頭……這條路目前只有我一個人……』求助者的聲音明顯在顫抖。

『請問您會游泳嗎？』

『會、會啊。』

『那請您假裝到河裡游泳吧，再裝做溺水的樣子大聲呼救，越能引起注目越好。我們已經定位了您的手機，馬上就會有隊員趕過去協助您，請您保持冷靜。』

『游、游泳？溺水？喔，好的！』

——到此，錄音結束。

高韞變換翹腳的位置，將重心移向另一側，微帶驚訝地讚許道：「想不到李里亞蠻機靈的，懂得盡量避開在岸邊可能發生的衝突。」

「他是很優秀的接線員。」艾萊恩點頭同意，「我收到錄音後，回去一趟救助中心，詢問了當晚派去的隊員。雖然是三個月前的事，不過他對這件事印象深刻。」艾萊恩略微停頓，「結果你知道嗎……他說報案者叫莫卡，是一位犬系獸人，他是黑色的杜賓。」

「等等！你說三個月前？」高韞滿臉詫異，思緒飛快轉動，搜尋首次案發的時間點：「我了解你的意思了。看來這位杜賓獸人很有可能是這次連環案的第一位受害者，只是凶手沒得逞。」

「沒錯，莫卡是肉食系獸人、深色毛髮，完全符合凶手的偏好。」

「看來凶手確實挺聰明的，第一次失手後就轉換了犯案方向，並且一次次調整手法。最後他改在白天攻擊，並選擇了普通人認知安全的校園。」

兩人達成共識，正準備沿著這項線索推敲案情時，門口傳來敲門聲。

「學長，我們逮捕到一群販毒集團，要使用這間審訊室，你方便移到其他地方嗎？」

金童探頭進來指了指地板。

「我馬上移。」高韞點頭，起身與艾萊恩一起收拾桌面。

「回你宿舍繼續？」

艾萊恩緩下手邊的動作，觀察對方的神情，而高韞只是聳聳肩。

「走吧。」

他們走到停車場，送來的資料又整袋被搬回車上，但這次不同，艾萊恩特意走在高韞前面搶先一步替他開車門。

當然，是副駕的車門。

車內陌生的香水味已經消失，取而代之的是空氣清淨劑的味道，此時的艾萊恩像是一個討要獎勵的孩子一樣，用期待的眼神注視著高韞。

在這熱忱的眼神之中，高韞坐進車裡，剛轉身繫上安全帶，眼角就瞟見後座有一大片黑影，仔細一看，是一箱箱不同品牌的罐裝咖啡疊滿了後座。

「這是……」他問。

「是咖啡。」他答。

「我看得出來。」

「我買了很多口味、不同牌子。你想喝的時候隨時都有，不用特地下車買了，這樣就不會走失了。」

「走失？」高韞瞟了艾萊恩一眼，「你的意思是我是迷路的小孩？」

「我的意思是，是我沒有顧好你。我發誓以後這個位置只留給你，後座只會載你的咖啡，可不可以不要生氣了？」

艾萊恩小小聲地解釋，卻很急切。

語落，他將手心輕輕蓋住高韞的唇，然後在自己的手背上印上一吻。

兩人鼻尖輕磨，相互聞到彼此的氣息。

片刻後，高韞皺著眉抬頭問：「你在做什麼？」

艾萊恩的舉動讓高轀一頭霧水。

「呃……李里亞說……如果戀人生氣了，親一下就好了。但我怕不小心會弄痛你，所以我只好蓋住……噢不、不是……我只是一時口誤，因為……」

艾萊恩笨拙地解釋到一半，瞄見高轀的眼尾微微抽動，意識到自己不經意脫口而出的戀人兩個字太過冒昧，於是趕忙改口，不料高轀竟然笑了出來。

聽到高轀清脆的笑聲，艾萊恩的心臟大力彈跳幾拍。

他終於看見高轀的酒窩了。

「我喜歡這個口誤。」高轀坦率地接收這懺悔般的告白，伸手搔了搔艾萊恩的下巴，然後扭身從後座抽了一罐咖啡。喀嚓一聲打開，神態悠閒地啜飲起來。

「開車吧。」

他的聲調刻意放低了一階，發出足以讓Sub迷情，微啞細緻的嗓音。

收到命令，當即一股甜滋滋的感覺湧上心頭，艾萊恩的耳朵愉悅地向前搧動幾下。

「好。」

◆

來到高轀的宿舍，原本行李成堆的客廳收得井然有序。艾萊恩對眼前的景象感到驚訝，明明前次來訪時這裡還混亂一片。

「哇喔！你怎麼突然想整理？」

「這本來就該整理了，只是沒時間罷了，趁昨天領假，我就順手收拾掉了。」

高韞丟給艾萊恩一雙男士大尺寸的拖鞋，一看就知道是特別準備的。

兩腳套進拖鞋的同時，艾萊恩胸口發熱，既欣喜又滿足。

「也是喔，搬來幾個月也該整理了，不過你怎麼沒找我幫忙？」

「這點小事我自己可以。」

「喔。」

沒能及時給予心上人生活上的幫助，艾萊恩過意不去，暗自責怪自己不夠體貼。可下一秒失落的眼神，卻被牆邊一個比旅行箱稍大的瓦楞紙箱吸引住。

紙箱取代了單人沙發的位置，突兀地擺放在客廳。

它所散發的魅力如同它的體積，艾萊恩忍不住湊過去看，赫然發現裡頭居然墊了一塊坐墊。

兩隻眼睛頓時閃閃發亮。

「這是為我準備的位子嗎？」艾萊恩驚呼。

「請坐。」

相較於艾萊恩的雀躍，高韞只是淡淡地比了比箱子內，沒有否認。

坐墊軟綿綿的，似乎比雲朵還柔軟，艾萊恩一跨進去宛如置身於溫泉般舒服，他將頭靠在紙箱邊，發出心滿意足的嘆息。

這時他察覺，紙箱的四周都包上了一層薄泡棉，防止他被銳利的紙緣劃傷，而且高度裁切得剛剛好，艾萊恩盤腿坐下時正好到胸口前，這樣一來就算人坐在紙箱裡，兩手也能輕鬆拿取茶几上的物品，不用特地起身，非常方便。

腦中想像著高轀自己裁紙箱、貼泡棉忙東忙西的樣子，明白戀人的用心，艾萊恩不禁露出傻笑。

「嘿嘿。」

「笑什麼？」

「覺得很開心而已。」

「只不過是個紙箱。」

「對啊，只不過是個很不錯的紙箱。」艾萊恩點頭附和著，眼睛笑彎成一條線。

「別再耍廢了，快點工作。」

「收到！」

接獲指令，艾萊恩挺起背脊，一起幫忙整理新獲得的線索。

「不會吧？這些都是被害者妻子們的消費紀錄？」

艾萊恩盯著比前幾天獸人先生們的資料厚上幾倍的明細，一時間兩眼昏花。

「女人可是國家經濟重要的驅動力，要感謝她們的付出。」高轀把母親常說的話原封不動地轉述，「不過他們的太太都是人類，不像獸人依種族不同而有差異較大的消費，也許這次能有突破也不一定……」

高韞講著，赫然皺起眉頭，與艾萊恩視線相交。

很好，看來又找到案子的另一個共同點了。

為了釐清這個案子相互的區域關係，他們特地買來鄰近各區的地圖，將其攤開後沿著區域分界，拼貼成一張全區域的大地圖。

之後拿來幾支色筆，黑色代表黑貓獸人案、咖啡色代表鬣狗、灰色代表灰狼，伊凡則用紅色表示。高韞與艾萊恩來回對照，在地圖上用不同的色筆一處一處圈出消費紀錄的商家，逐一剔除不相關的地點後，把重複較多的數據輸入電腦裡，一塊一塊歸納出每位受害者的行動範圍。

兩人埋首於桌面，時間一分一秒流逝，不知不覺過了午夜。

擺放在電視櫃上的電子日曆發出嗶嗶兩聲轉換日期的提示音，艾萊恩僵硬的頸肩泛起痠痛，抗議低頭太久了。他拉長手臂，伸了個懶腰。

這時，身旁的高韞輸入完最後一筆地址，指著螢幕上一處特別密集的區域道：

「好像有點眉目了，他們的行動範圍高度重疊在這條街。只是很奇怪……這個地點離被害者們的居住地也不算近，怎麼大家都往這邊跑？」

「我看看。」艾萊恩湊上前，推論道：「會不會是音樂節的關係？這個地方從前幾年開始，六到八月間每個月都會舉辦一次三天兩夜的煙火音樂節，活動期間，周圍的店家或餐廳都會舉辦折扣活動。你前幾個月才調回來，所以還不知道吧？」

「原來如此，女性對打折還真沒有免疫力。」高韞點點頭。

接下來他們又討論一些其餘的線索，彙整結論，期間高韞不時會揉幾下痠澀的眼睛。

「要不要我去超商買點吃的，順便帶幾罐咖啡上來？」艾萊恩見狀問。

「麻煩你了，鑰匙在鞋櫃上。」

昏昏欲睡的高韞沒有拒絕萊恩的提議，他是該來罐咖啡醒醒腦了。

然而，當艾萊恩提著滿手食物回到屋內時，高韞已經倒在沙發睡著了。他睡得非常沉，連開門的聲音都沒有驚醒他。

艾萊恩走近沙發，試探性地用手指搓了搓高韞的臉頰，得到戀人小小的皺眉。

他輕笑一聲，把食物放進冰箱後走到客廳，關上照明，小心翼翼地抱起沉睡的戀人，輕手輕腳地回到臥室。

誰知道要把高韞放到床上時，懷中的人就像一隻無尾熊，緊緊扒住艾萊恩的手臂。

本來想安置好高韞就回家的艾萊恩在無奈之下，只好跟他一起躺上床。

但艾萊恩哪會真的不情願留下來呢？

他騰出手臂，托住高韞的頸椎，調整了姿勢後側躺下來，靜靜地凝視懷中的人。

造型小巧的夜燈發出玫瑰色的微光，映照之下，高韞細長的睫毛在顴骨上拉出長長的影子，臥蠶的肌膚透出一層薄薄的紫色，顯示出他近幾日的勞累。

艾萊恩低聲嘆息，拇指撫摸高韞眼睛下的青紫，感到十分心疼。

雖說此次任務是市長直接委任的，不過政府並沒有另派支援給他們，加上艾萊恩又有救援中心的職責在身，案件重新調查的走訪、取證等工作大多都落到高韞身上，幾乎等同於一人辦案。

儘管如此，他從未有過一句抱怨，只是默默接下這份責任。

經歷這陣子相處，艾萊恩能感受到高韞內心的溫暖。

所以他心疼他的處境，也心疼他對使命感的執著，腦袋思索著該如何安排好工作，才能空出時間給高韞更多援助。

不知怎麼地，艾萊恩回想起第一次枕在高韞腿上的情景。那日午後他對自己傾訴的話語，吐露出他徘徊在人類與獸人之間的種種礙難，和不被接受的煩惱。

以及——他要他別輕易離開他。

「請讓我永遠留在你的世界。」艾萊恩呢喃著，寶貝地將高韞摟在懷裡，並在他額前輕輕點上一吻。

「晚安，希望你有個好夢。」

獻完祝福，他嗅聞著戀人舒服的味道，安心地沉入夢鄉。

◆

早晨霧白的陽光透過玻璃灑落在高韞的雙眼，他突然醒來，發現昨晚窗簾並沒有拉上，透過玻璃能清楚看見窗外懸浮的霧氣。

困惑著自己怎麼會忘記拉上窗簾的時候，腰間突然一緊，被某股力量勒了一下。視線下移，高韞看見艾萊恩結實的手臂正緊緊捆著自己的腰。

驚覺自己正蜷縮在艾萊恩的懷中，尚未甦醒的眼睛立刻睜大。似乎是感受到臂彎裡的人震了一下，艾萊恩跟著睜開眼。

「早啊，高韞。抱歉……昨天太累了，就這樣住下來了……」他打了個哈欠，用充滿睡意的低沉磁嗓說。

「這有什麼好道歉的……」高韞嘀咕著，想起昨晚抵擋不住睡魔的經過，「不過你有睡嗎？不是習慣獸化嗎？」

他試著扳開禁錮自己的手臂，卻換來更緊的纏繞。

「人形也是可以睡的，因為，嗯……獸化就沒有辦法抱你了嘛……那樣很可惜……」

艾萊恩將臉埋入高韞的頸肩，貪戀心上人的味道。他的最後一句話語調含糊，一邊說一邊張腿夾住高韞，把他當抱枕，打算繼續睡回籠覺。

「不再睡一下嗎？再睡一下吧……再一下……」艾萊恩低聲咕噥著，帶著睏意舔了口高韞又昏昏睡去。

顴骨傳來溼潤又刺癢的微痛感，高韞的腦袋頓然清醒，一股熱燙自臉頰蔓延至全身。

這個人一大早的在說什麼啊？這是什麼難為情的發言，虧他說得出口？

「不要再睡了！你還要回去換衣服吧？」

「不用換……了……沒關係……」

「上班會來不及！你給我起來！」

也不知道是真的來不及，還是繼續躺在艾萊恩的臂彎中太過燥熱，高韞激動地翻身，一腳將艾萊恩踹下床。

「啊喲！」

一屁股砸向堅硬的地板，艾萊恩這下子徹底醒了。

「就跟你道歉了，你還要苦瓜臉到什麼時候？」

洗漱臺前，高韞沒好氣地瞪著鏡子裡的人。

只見艾萊恩一手扶著發痛的腰，滿臉傷心地刷牙，睫毛茂密的棕色眼珠時不時哀怨地看向高韞。

「你真的踹得很大力。」

艾萊恩咬著牙刷嘟囔著，像是在抱怨，又像在撒嬌。

「誰叫你賴著不走。」

「我沒有賴著不走，我只是想再睡五分鐘，五分鐘而已。昨天很累嘛……怎麼知道就被踢了一腳……」艾萊恩開口閉口滿嘴無辜，毛茸茸的獸耳委屈地塌在腦後。

「好啦！你到底想怎樣？」

聽出艾萊恩話中另有所求，高韞施力擰乾毛巾，展現人類Dom不輸獸人的力道。

此話一出，艾萊恩喜上眉眼，立刻轉過身來比了比嘴唇。

「別想。」

明白對方的意圖，高韞翻了個白眼，推開沾滿牙膏泡的臉。

再次討吻失敗，有些沮喪，但艾萊恩沒有先前那麼失落。也許是因為確立了關係，對於高韞的拒絕，他反倒有股兩人在嬉鬧的感覺，畢竟他正在刷牙呢！

而高韞似乎也有此感受，他起了玩心，繞到艾萊恩背後佯裝晾毛巾，實則默默挨近他身後。

趁著他彎腰漱口時，高韞手一伸，想摸摸艾萊恩的尾巴，誰知竟然被對方轉身躲開，害他的手掌抓住他猖狂的三角地帶。

「呃！」

「呵。」艾萊恩彎起雙眼，大手攬過高韞的腰，順勢將他抱了起來，讓他整個人靠著自己，「偷襲不好喔！」

此刻高韞雙腳懸空，兩人的下身緊貼，曖昧氛圍立即渲染周圍的空氣。

「我光明正大！是說，你為什麼不穿露尾巴的褲子？」

高韞盯著艾萊恩的眼睛，似乎想從他的眼神裡探詢出什麼。

經過一陣子的相處，他發現艾萊恩穿的都是一般人類的褲子，從不露尾巴，使他心生好奇。

高韞想起身旁的獸人朋友或同事，每個人都很享受愛人撫摸自己的尾巴。

尾巴是獸人的榮耀，同時也是脆弱的部位。對獸人一族而言，將尾巴交予對方是信任、是愛情的表現，更是傳達願意將自己的一切，甚至人身安全獻給對方的行為。

不過高韞也知道，剛交往就要求對方毫無保留地交付尾巴有點無理，但……至少可以摸一下吧？

隔著褲子也好，他也想享受撫摸愛人尾巴的感覺。

想著想著，他的手又伸過去，可想而知再次被攔截下來。

「你很小氣耶。」高韞嘖了聲。

「不是小氣，只是不習慣。」

「那什麼時候會習慣？」

艾萊恩放開高韞，露出一抹無奈的笑容。

「要不然……等價交換聽過沒？摸一下尾巴換一個吻。」高韞提出條件。

他以為這項提議艾萊恩絕對會採納，殊不知對方眼神一飄，另開了話題。

「啊對了！你不是叫我回家換衣服嗎？這下不走不行了，上班會來不及。暫時先這樣，我先回去了。」

艾萊恩像想起了什麼捶了一下掌心，疼寵地摸了摸高韞的頭後離開浴室，獨留高韞一個人。

這！這是什麼敷衍的回應？

什麼叫暫時先這樣？

聽見關門的聲音，高韞愣在原地，難以置信自己被如此這般輕飄飄地帶過。

他盯著鏡子中的自己，反思自己的吻是否當真沒魅力。

難道……要用命令的嗎？

高韞皺著眉頭認真思考起來。自己一向很尊重他人意願的，但艾萊恩幾次閃躲的舉動激起他的控制欲。

只是命令換來的親吻總是言不由衷。想到這裡，換高韞內心泛起圈圈漣漪。

此時，前一刻關上的門又被拉開，只見整裝完的艾萊恩折回來，不由分說地將手心蓋上高韞的嘴唇，然後低頭親了自己的手背。

「我會盡快習慣的，還有……希望晚上還能見面。」

艾萊恩的髮梢還殘留著高韞家洗髮乳的氣味，這股香氣微微掠過高韞鼻間。

艾萊恩的唇遠離，下一秒又無預警附在高韞耳邊，輕聲細語地訴說自己的願望。

語落，艾萊恩露出靦腆的笑容，再次步出盥洗室。

然而這一回，高韞意識到自己被吻了。

他再次愣在原地，直到遠方傳來大門自動落鎖的聲音，他才恍然回神。

試問誰擋得住情人的耳畔低語？

大門闔上後，高韞注意到鏡子裡的自己雙耳熱得發紅，下意識地摀住自己的耳朵，「這是什麼爛邀約？到底是哪個該死的人說人類的Dom能隱藏情緒的啊？」

明明他們的唇沒有碰到，怎麼感覺卻如此真實呢？

唇間仍殘留著艾萊恩手心的溫度及觸感，高韞微咬下唇，開始後悔為什麼一開始要拒絕艾萊恩的索吻？他本來是打算吊對方胃口的，殊不知反變成自己欲求不滿。

真糟糕……

高轀懊惱地掐著自己的嘴唇，倘若沒有那點小任性，那他們肯定嚐過彼此的吻無數回了吧？

高轀按撫胸腔裡跳動劇烈的心臟，忽然，他像是想到什麼，開始在房子裡東翻西找。

而在樓梯間的艾萊恩同樣心魂不定。他不是遲鈍的人，當然看得出高轀期待的眼神，內心責怪自己怎麼沒把握機會，只是……

想到這裡，艾萊恩心底湧現一抹難以平衡的衝突感，連帶尾巴發出絲絲細微的刺痛。他揉了揉自己的尾椎，無奈地長嘆一口氣。

他也很想親吻高轀。

很想很想。

一腳踏出高轀的宿舍，艾萊恩發現戶外開始飄起毛毛雨，於是加快腳步朝車的方向走。忽然間，他隱約感應到背後似乎有一股視線，想都沒想就轉身往高轀宿舍的方向看去，豈料一抬頭就與站在陽臺上目送他的高轀對上視線。

兩對眷戀的眼珠在空中相遇，艾萊恩一顆心頓時暖和起來。

「下雨了，快進去！」

艾萊恩朝高轀招手，只見高轀沒退回屋裡，反而抓著欄杆探出上半身。

「你做什麼？很危險！」艾萊恩高喊發出警告。

「給你！」

下一刻，高轀手臂一揮，往艾萊恩的方向丟出某樣東西。

尚未看清對方投擲的是什麼，艾萊恩已經眼明手快地接下。

他狐疑地攤開掌心一看，是個拇指大小的磁釦。艾萊恩隨即傻住，動也不動地盯著手中的物品。

這是警用宿舍大門的磁釦，見到磁釦的金屬吊環上還綁著一束紙籤，他立刻領會過來，迫不及待地解開紙條——

『晚上見！』

凝視著手中的磁釦，艾萊恩開心地笑了。

他對高韞熱烈地揮舞雙臂，興奮得像剛贏得球賽的足球員。他不斷揮手，直到高韞擺手催他快回去，艾萊恩才戀戀不捨地離開。

「真搞不懂，不過就是磁釦而已，他幹嘛笑得像花痴一樣……」

晨間鳥語鳴囀，微風傳來輕拂花葉的聲音。

高韞一手托著下巴，目送艾萊恩的車子離開。

雖然他嘴上直嚷著搞不懂，但是嘴角不自覺地露出淺淺的酒窩，心底開始期待夜晚的到來。

◆

一路上，艾萊恩的視線時不時飄往方向盤旁的鑰匙孔。

看到那小小的磁釦與自己家的鑰匙勾在一起，全身都感到輕飄飄的。雖然沒真的親到高韞，心情卻如同接吻了一般開心。

今日是夏季最後一檔音樂節，天空飄著細雨，依舊擋不住歡慶的氣氛。明明還只是上午，道路兩側早已聚滿準備在晚上狂歡的人潮，每人臉上淨是愜意。

艾萊恩隨著市區熱絡的氣氛哼起歌來，手指跟著敲打節拍。

無意間，他的目光停留在十字路口上一間粉刷著純白色油漆的店面。潔白如茉莉花的門面乾淨簡單，夾在燈紅酒綠、熙來攘往的餐飲街中十分顯眼。

一個穿著墨綠色鵝絨西裝背心的男子正準備開店，他搬出看板，立在店門口，而看板上的標題更吸引艾萊恩的注意。

那是一家販賣水晶礦石的飾品店。

昨天李里亞為彼得購置手鍊的話題忽然躍出耳際，艾萊恩下意識多掃了看板一眼，開始想像哪種顏色的水晶最適合高韞。腦中不禁勾勒出戀人的各種表情，為他替換各種不同顏色的耳釘。

當艾萊恩的思緒被打斷時，他已經站在白色的櫥窗前好幾分鐘了。

「不介意的話，要不要進來參觀呢？看看不用錢喔！」身穿天鵝絨背心的男子推開門，向艾萊恩遞上一記微笑。

「呃……不，我……」

「我看你看很久了。我就是老闆，依照款式，我能給你折扣喔。」店主禮貌性地停頓一下，繼續問，「是要送人嗎？煩惱不知道該選什麼的話，也許我可以給你一點建議。」

店主不虧是生意人，一眼看穿艾萊恩的煩惱，表示能幫忙挑款。

艾萊恩看了看店主，躊躇了一會後指向門口前的看板道：「我想看這款水晶……」

看板標語寫著：

『本月主打！

戀人定情之物。

夢幻的紫水晶。』

店主心領神會地笑了笑。

「大家都說紫水晶就像落入人間的彩虹呢！很合適戀人配戴喔。我們店裡有許多紫水晶製作的飾品，歡迎進來挑選。」

落入人間的彩虹嗎……艾萊恩一聽到這句話，覺得非常適合形容高韞。他眉毛鬆緩下來，唇角跟著勾起清泉般的淺笑。

看著艾萊恩柔和的表情，店主敞開門，請他進入店內。

室內的陳設與店外的裝潢一致，潔白的空間讓人宛如置身雪國；店內的隔音良好，闔上門後隔絕了室外車水馬龍的喧囂，柔和的自然音樂飄然在靜謐的空間，使小小的店面增添朦朧之感。

艾萊恩輕手輕腳，小心翼翼地在裝潢精緻的店內行走。

「這邊請，這一櫃是專為獸人製作的，每款飾品都有做很好的電鍍處理，不易與毛髮產生靜電。」店主打開其中一座玻璃櫥櫃，熱情地介紹道。

「不好意思……我是要買給人類的。」

艾萊恩搔了搔脖子，顯得有些害羞。

「我知道了，那請參考這櫃。」店主點點頭，領著艾萊恩來到另一座展示櫃前，「或是您可以看看我們的產品目錄，我們還有提供刻字的服務喔。」

看見玲瑯滿目精美的飾品，艾萊恩以為自己會難以抉擇，沒想到他只看一眼，便相中一對六芒星形狀的灰紫色水晶耳釘。

切工精緻的水晶看起來相當閃耀，霧柔的灰色中隱隱閃現紫色的異彩，使艾萊恩想起高韞那雙迷離剔透的鳳眼，心裡頓時一陣悸動。

果然，讓戀人戴上自己挑選的飾品，就像標記對方成為自己的所有物一樣雀躍。

「我想看一下這對耳環。」

「沒問題。你品味很不錯耶，六芒星是我們店的招牌，其他店很少做這類工細費時的品項。」店長一邊介紹一邊拿出耳環讓艾萊恩檢視。

少了櫥窗玻璃的隔閡，水晶耳環看起來更加精粹迷人。

「我要這副，請問刻字需要多少費用？」

艾萊恩立刻做出決定。

「我們刻字免費，不過這個款式刻字需要換掉底座，大約要花七個工作天。如果你不方便來拿的話，我們可以幫忙宅配。有需要嗎？」店長拿出表單問道。

一個星期……

店主如此詢問後，艾萊恩低頭思索了片刻。

「那不用了，我直接買。」

不行，他等不了。

他迫不及待想親手替高轀戴上。

結完帳，艾萊恩盯著店主包裝的動作，一邊想像著親自替高轀戴上耳環的畫面，薄薄的嘴角綻出少年般燦爛的微笑。

幾分鐘後，他拎著禮物袋走出店門，此時天空放晴，層層綿雲中出現一道旖旎的彩虹。

原來幫人挑選禮物是如此令人開心的事。

眺望遠方的彩霞，艾萊恩的心情隨之繽紛起來，腳步輕快地回到車上，開啟雨刷刮掉擋風玻璃上的雨滴。正當他把禮物放進置物箱時，胸前的口袋發出震動。

『喂，方便接電話嗎？』

「可以，我還在路上呢。」

聽見高轀的聲音，艾萊恩笑了起來。

『我們不是約好今晚見面嗎？』

「嗯，要是累了你就先睡吧。」

雖然高轀不在面前，但艾萊恩還是露出寵溺的表情。

『不是的，我是想跟你說今晚的約定要延後了。』

「工作？」艾萊恩皺眉。

『不是……是我父親的案子，原定的庭審時間提前了，我剛剛才收到通知。』聽出對方的語氣中帶含失落，高轀不悅地睨了眼身旁裝糊塗的小員警金童。

其實法院通知開庭的專函早早就送到高轀現任的警局了，由於高轀當時不在局裡，信件便由金童代收。想著是法院文件，直接放在無人的桌上也不太好，金童就自己先收起來了。

豈知這一收就過了好幾個星期，直到剛剛整理資料時掉出這封信，嚇得他等不及高轀上班，就直接火速衝來宿舍。

高轀本以為是艾萊恩忘了東西，誰知一開門，就看到跪在門前磕頭懺悔的學弟。

『事情就是這樣，我要以證人的身分出庭。等等進局裡交代一下事情後就要出發了。』

「機票訂了？」

『嗯，剛剛弄好了。』

「什麼時候回來？」

『四五天吧……後續還有事情要跟律師協商……雖然出庭的時候我會關機，不過你這邊有任何進展也隨時通知我一聲。』

接到高轀的回答，艾萊恩望著禮物袋一時間沉默下來。

『……怎麼了？』

聽電話裡陷入無聲，高轀追問一句。

「沒什麼，只是想陪你回去。我很想見見你爸爸，還有媽媽。」

艾萊恩快速整理好心情回答道。

雖說也能透過視訊來緩解思念，不過在這嚴肅敏感的時間點，似乎不適合提出這樣的請求，想來想去，艾萊恩決定作罷。

他知道高韞必須回案發當地的巡迴法庭作證，也就是他之前任職的地方。兩地跨了數個時區，光飛機來回就要花上一天，整趟下來高韞肯定身心俱疲，更何況這趟並非溫馨的探親之旅，而是去面對家人的審判。

此刻正是高韞心理壓力最大的時候，自己應該給予支持才對，而非顯露失望。唉……早知道剛剛真的親上去就好了。

『下次吧，下次再一起來。』

聽見艾萊恩說想見自己的父母，高韞嘴角滑出欣慰的弧度，胸口湧現一股溫熱。他相信他的家人一定會喜歡艾萊恩。

「好。」

對話貌似有了結語，但兩人遲遲沒結束通話，雙方似乎在等待著什麼。

停頓幾秒後高韞先開口：『嗯，再見。』

「等等──」

即將掛上電話時，艾萊恩喊住他。

『怎麼了?』

「韞……」

正當艾萊恩開口時，高韞的背景傳來金童的喊聲。

『學長，你客廳擺這麼大的紙箱幹嘛？太擋路啦！我幫你拿去資源回收，就當我將功抵過嘍。』

『啊？等我一下！』高韞說完，聲音接著遠離，『你的功過標準太不平衡了吧！給我放回去，那是我的東西，不准碰！』

『什麼？你還在跟女友講電話喔？』背後又傳來金童抱怨的聲音。

『把你的手拿開！』

『學長拜託～我好心幫你丟垃圾耶～真的無法將功抵過嗎？』

『沒這檔子事，警告你別碰我東西。』

高韞令聲後，先是傳來紙箱摩擦的聲音，接著是一串可憐的哀號，聽起來被修理得有點慘，不過Sub的天性使艾萊恩沒來由地忌妒被命令的金童。不過下一秒，他忽然覺得無端吃醋的自己有些可笑。

艾萊恩自嘲想著，心裡浮現難以形容的無奈。

又等了一會，高韞才再度拿起電話：

『抱歉，你剛剛要說什麼？』

「沒事，路上小心。回來打給我，我去機場接你。」他柔聲說。

『我知道了，**你要接喔**。』

「我等你。」

兩人在留戀不捨的氣氛下結束通話，艾萊恩把玩起放著水晶耳環的盒子。興許是錯覺，他總覺得高轀命令的語調中透露出幾分撒嬌的氣息。

大約有一個星期見不到面呢……

一雙深邃的棕色眼睛若有所思地盯著手上的小盒子，片刻過後，艾萊恩再次踏入小巧如茉莉花的飾品店。

「不好意思，我還是決定刻名字好了，然後麻煩幫我宅配。」

「沒問題。」

店主笑臉盈盈地答應。

第八章

夏末午後，戶外樹梢間的蟬鳴響亮到令人無法忽視。

莊重的巡迴法院內，法官嚴厲的音調讓在場人神情肅穆。

高轀一如既往，全身黑衣西裝，坐在證人席上，面無表情地盯著坐在對面的康格。他梳著體面的油頭，搭配不合時宜的大紅色領帶，彷彿在高調宣揚這場判決的勝利。

而事實確實如此。

去年高轀的繼父——身為狼人的高宇陽，在街上發現一名人類男子可疑的竊嬰行為，為了阻止對方，雙方引發爭執，高宇陽不小心咬傷了人類男子。

這件事讓輿論炸鍋。

該人類男子聲稱只是覺得孩子可愛，忍不住摸臉而已，並無盜竊幼童的意圖。不過獸人族群卻持有不一樣的觀點，因為獸人的確憑氣息就能判斷對方有無惡意，支持高宇陽的群眾都相信人類男子當時一定散發出了惡意。只是這項能力不被法庭採用，獸人高宇陽的傷害罪成立。

所幸在律師的努力不懈下，高宇陽獲得上訴的機會。不過歷經漫長等待的機會，今日卻遭法官及陪審團無情否定。

法官判決高宇陽必須接受三年十個月的刑期。

宣判的當下，高韞驚愕得不敢置信，呼吸瞬間凝滯。

他無法接受如此重的判決，為了父親的案子，他查閱過近年所有傷害罪的案例，本以為父親有機會無罪釋放，或者頂多幾個月的牢獄之災。

沒想到會是近四年的刑期。

這項判決重擊了高韞的內心，散場後，他獨自一個人坐在冷清的席間，錯愕、驚訝、震撼、憤怒等情緒不斷擾動著他，墜入低谷的心情遲遲無法平復。

呆坐了不知多久，法庭的大門再次開啟，尖銳的腳步聲逐漸趨近，高韞以為是下一場開庭的人員，當他起身離開時，卻對上一臉傲氣的康格。

「喲！高韞，你還好嗎？」

康格兩手伸進口袋擺出三七步，堵住高韞的去路。

「我能說不好嗎？」高韞沉下眼，冷冷反問。

「別這麼凶嘛，我會怕的。」康格放肆調侃，故意瑟縮肩膀，擺出畏懼的模樣。

「你會怕？」高韞不屑地哼斥一聲，怒問：「你有什麼好怕？教唆那個男人演戲的，不就是你嗎？」

想到剛才庭審時，意圖竊嬰的男子聲淚俱下的表演，高韞怒火中燒，一把抓起康格的領口質問。

庭上，男子一把眼淚一把鼻涕，向陪審團哭訴自己結婚多年膝下無子的遺憾，沒想到只是在街上多看別人的孩子一眼，竟就被當作偷嬰賊，感到相當委屈。

陪審團是從民眾中隨機選出的，對案件的認知比較主觀，判決時大多會受到心理層面影響。而男人的陳述一聽便知是受人指導過的，他避開所有不利的澄清，將所有證詞主攻在情感這一塊。

原本高韞認為男子的演技固然不錯，但他們手握男子犯有誘拐前科的證據，法院必定會秉公執法，可在看見幾位陪審員聽見男子誇張的陳述後泛出淚滴，高韞隱隱感覺不妙。果不其然，在親情渲染的威力下，陪審員無視高韞的律師拿出男子多少前科的證據，依然認定高宇陽犯下刻意傷害罪。

「不要用教唆這麼難聽的詞，我不過就是在開庭前請律師跟他確認一下證詞罷了。」

雖然被高韞揪住衣領，但康格似乎無所畏懼，他咧開噁心的笑容兩手一攤，擺出能耐我何的面孔。

「我哪裡惹到你了？」

高韞揪著對方的手劇烈顫抖，好不容易從盛怒的齒縫間擠出這句話。

但何須再問呢？其中原由，他心裡再清楚不過。

只因為他有公職在身。

倘若父親定罪入獄，無疑是他履歷上的瑕疵，就算他不會因此被革職，也將永遠失去返回人類轄區的機會，如此一來就更不可能越過康格，成為巡官。

所有的一切都始於個人的私欲，噁心又無恥。

但他現在身處審判的聖殿，身為執法體系的一環，他不能節外生枝。

在腦中權衡利弊之後，高韞悶不作聲地放開了手。

「呵呵呵呵呵……」見到高韞屈服，康格得了便宜還賣乖，咧出嘲諷的笑容，「我說高韞，這就是法律，這就是規則，這就是社會。」

這段話徹底惹怒高韞，上一刻他還想著要吞聲忍讓，可下一刻他已忍無可忍。

砰地一聲天旋地轉，康格被高韞反手壓制，狼狽地伏趴在地上，兩隻腳卡在兩座長凳之間動彈不得。

「高——！你要做什麼！」

頓時失去身體主導權，康格急得大叫！

「說得好，康格。我接受人類訂的法律，但不代表我全部認同。還是說，我可以向你確認一下我對規則、對社會的看法？」

高韞咬牙切齒，將康格的手反壓在背上，扭成不符合人體工學的詭異方向，肩骨發出喀嘎聲的同時，康格的喉嚨中噴出淒厲叫聲。下個瞬間，高韞把他從地面拉起，按在長凳上。

「高韞你完蛋了！居然用私刑，別忘了這裡有監視器！」

肩膀脫臼的劇痛使康格臉色慘白，可嘴上仍不忘叫囂。

「報告巡官，高宇陽被定罪的關鍵證據，就是監視器清楚錄到他咬人的那一幕。」高韞一邊說一邊瞥了眼監視器的位置，繼續說道：「但是呢……這裡的監視器只會拍到您不慎跌倒，我好心拉你起來而已。您自己不小心撞傷脫臼，能怪誰呢？」

「你！」

高轀掐住康格的領口，毫無畏懼地逼近他，唸出他就職的誓言——

「我高轀，在此宣誓成為刑警。無論人類還是獸人，無論貧窮還是富貴，我將誓死捍衛所有人民生命的價值、自由及尊嚴。就職時你沒有向國旗宣讀誓言嗎？你沒有嗎？」

「當然。」

「你、確、定？」

忽然，高轀的語態有所轉化，發出令人生畏的音質。

他丕變的態度使康格感到緊張。

「你……」

「我做的每一件事，都是為了對得起我胸前配戴的徽章。高宇陽被關不要緊，可萬一日後，若有一個孩子的失蹤，是與今天你輕放的那個男人有關，**你說你對得起自己立下的誓言嗎？**」

高轀的語調堅毅冷峻，最後的語句字字重拍，宛如急雷狠狠劈斷康格的傲氣。

康格大驚失色地猛然瞪眼，用力到幾乎瞪出血絲，呼吸急促起來，臉色血氣盡退。

「我只是問你話，幹嘛怕成這樣？」

「你、你……你知道？」

康格嚇傻了，呆愣地問。

「這沒什麼好意外的吧？你以為猛吞鎮靜劑，就沒有人會發現你是Sub嗎？」高韞扭了扭脖子，放開康格的衣領，「不說穿你，純粹是不希望性徵影響工作而已。順帶一提，我現在並不隸屬你，你最好別再用上位者的語氣跟我說話。老實說，被S命令的感覺不太愉快。」

高韞道出康格的身分，不再隱藏自己的厭惡，鄙夷地掃了他一眼，留下驚嚇呆然的康格逕自離開。

這裡的氣候與有艾萊恩的地方不同，從高韞抵達的頭一天起就是陰冷的天氣。

他走在幽暗靜默的長廊上，從前與康格一同共事的過往流回眼前。

其實剛入局時，康格待後輩們還是挺不錯的，但一切似乎從高韞升為副巡官之後變了調，他變得凡事針對他。

人類的Sub天生就容易屈服別人，康格能頂住警界的壓力，升到巡官的位置也實屬不易，或許他只是想守住自己的位置，不想再屈於人下，因此將自保轉成敵意，處處打壓威脅到自己的人。

咀嚼著還不算過往的往事，高韞感慨良多。

若排除基因的隔閡，康格是否就能屏除個人私心，公正對待案件呢？

可惜康格選錯了方向……雖然基因無法選擇，但人可以選擇善良。

扭開水龍頭，高韞一頭栽進洗手槽中，企圖用冷水使自己平靜下來。

冰涼的水打在他蒼白的臉上，流水聲響盪在無人的洗手間裡，聽起來格外孤寂。

父親在庭上一語不發的臉龐麻痺了高韞的心，他視線消沉，嘆息聲中隱約添了幾分哽咽。

他默默望著鏡子裡微顯憔悴的自己，花了幾分鐘沉澱情緒，直到整理好心情才離開洗手間，沒走幾步恰巧看見律師氣喘吁吁地朝他跑來。

「高先生！高先生！原來你在這裡，我打你電話都不通。」

「抱歉，我忘了開機。是有什麼事嗎？」

高韞甩了甩頭，隨手用袖口擦拭滴落的水珠。

「我爭取到了和令尊談話的機會，雖然時間不長，但進去之前見一面吧……」

「可、可以嗎？」

高韞瞬間眼神晃動。

「這是我們能幫忙最後的事情。令尊在二號拘留室。」律師表情嚴肅。

來不及言謝，高韞拔腿奔向拘留室，遠遠見到獄方因遲遲未等到高韞而準備將高宇陽移送。

「等一下！拜託等一等！爸——」

聽到高韞急切的呼喊，準備離去的一行人止住腳步，高宇陽激動地回頭。

經過律師的一再請託下，獄方同意再給五分鐘，將高宇陽領進拘留室後，獄警識相地退出單間迴避。

室內只剩父子兩人以及無盡凝結的空氣。

「你今天還沒吃早餐吧？等等記得吃飯啊，要吃飽才有力氣工作，刑警是體力活。」

高宇陽率先開口，神情泰然，開口閉口都是對高韞的關心，自己的事一字未提。

「爸……對不起……」

知道這一刻父親仍是擔心自己，高韞低喃著不斷道歉，鼻腔湧上酸意。

他不捨父親委屈，難過自己無能為力守護重要的家人。

「別哭嘛！這樣爸爸進去後怎麼放心？」高宇陽疼惜地捏著兒子的臉頰，「我知道你盡力了，有些事情不是盡力就有好結果的，你已經做得很好了。」

冰冷的手銬碰撞到高韞的臉，眼淚啪噠一聲滑落眼瞼。這一刻他不是位刑警，只是個在父親面前展現脆弱的孩子。

「都是因為我的關係，要是我果斷離職就好了，媽媽也不會……」高韞自責道。

對，如果那時果斷離職，就什麼問題都沒有了，父親不會因此被針對，母親也不會遇到車禍，至今昏迷不醒。

「說什麼傻話，你要是真的離職了，我和你媽媽才會生氣。」高宇陽彈了一下兒子的額頭，「當刑警不是你的夢想嗎？自己選的路就要自己走完，爸爸現在也一樣，我從不後悔我所做的事。我相信自己的判斷，就算時間重來，我依然會選擇阻止那個男人，即便我知道將要背負的刑責。」

高宇陽背脊直挺，正氣凜然。

「爸……」

高韞望著父親深吸一口氣。

「我沒事，就當作我去飯店住幾年，四年一下就過了。」高宇陽露出慈愛的眼神，不忘打趣兒子。

「講什麼飯店……」

「包吃包住就是飯店啊。別煩惱這麼多，相信在裡面也沒有多少人敢找我麻煩，只是媽媽要你多照顧了。」說到妻子，高宇陽的眼眸浮現一抹柔情。

「那是當然的。」高韞微微點頭，吸了一下發酸的鼻子，「有事一定要通知我，我會立刻趕過來。」

「就說了，不會有事的。對了！新地方的同事對你好嗎？我都還沒有機會聽你講自己的事呢。」

聽到父親提起新同事，高韞立刻想到艾萊恩，表情稍稍緩和，沒那麼緊繃。

這細微的變化當然逃不過做父親的眼睛。

「怎麼了？難不成在新地方遇到喜歡的人了？」

被父親一語說中心事，高韞突然有些難為情。

高宇陽見狀，心神領會地笑了笑問：「是個善良的人嗎？」

「……爸，你記得我之前跟你提過有一位獸人發起呼籲修法嗎？」

「記得好像是……獅子獸人？」

「嗯。」

高韞點頭，眼眸透出柔和的神采。

「是嗎？原來如此，你遇到了他啊……」高宇陽凝視著兒子的眼神有所感應，彎起和藹的眼角，「那位的確是善良體貼的人呢，那爸爸我就放心了。」

「爸爸對不起……」

母親臥病在床，父親遭禁錮，只有他一個人生活得好好的，真是太不公平了。

高韞知道這是倖存者心理在作祟，可他還是止不住悲傷。不過未說出的話語高宇陽都知道。

「只要你吃好睡好，就是我和你媽媽最大的心願。別哭了，你是畢業典禮上的小學生啊？鼻涕要流出來了！」高宇陽開玩笑地將雙手蓋在高韞頭上，大力揉亂兒子的頭髮，捏捏紅透的鼻子。

「不要捏！鼻涕真的會捏出來啦！」

「哈哈哈哈哈！！」

高宇陽豪邁大笑起來，這時敲門聲響起，兩位獄警推開門，用眼神知會時間到了。

「我會照顧好媽媽，然後一起來接你的。」高韞在心中立誓。

「要跟他一起來喔。」

「一定。」

離去前，高宇陽特地用額頭碰了下高韞的前額，寓意著保重。

這是他們父子多年道別的習慣。

他希望他的孩子一切安好，沒有負擔。

親情的羈絆是由每天一點一滴的付出堆疊出來的，隨著時間累積，每個難過、開心的種種、不同的情緒皆會化作回憶，而這份共同的記憶會深深扎根於彼此心底，成為牢不可破的情感。

縱使沒有基因的牽連，他們仍是最真實、最親密的父子。

金屬鐐銬的聲音迴盪在靜謐的走道，高韞默默注視著父親的背影消失在長廊的盡頭，直到眼前的畫面從清晰，逐漸被水氣浸染為模糊。

他好強地抹去眼角的淚液，開始倒數一家團圓的日子。

◆

安靜的病房內，護理師從櫃中取出量杯，倒入定量的奶粉與溫水，準備替昏迷的病人灌食以延續體力，接著攪拌棒與鋼杯碰撞出單調的聲響。

此時，背後一串拉門的嘎啦聲打斷規律的攪拌聲。

「午安，辛苦妳了。」

高韞出現在病房裡，向護理師禮貌問好。

目送完父親，高韞鄭重地和律師道謝，踏上回程前，他撥空來到照護母親的醫院。

「是高先生！你來啦！調到這麼遠還每個月來探望，你也辛苦了。」

「為人子女嘛，應該的。餵食的工作換我來吧，妳可以休息一下。」高韞升起病床，並熟練地捲起被單，將母親扶起，把被單墊在她的背後。

陷入昏迷後，高韞的母親只能依靠鼻胃管進食，將身體墊高一些，能讓流質的食物更順暢地進入胃部，減低嗆到的機率。

幫母親調整好姿勢後，他主動伸手接下護理師手中的量杯。

「謝謝你了，有你幫忙確實輕鬆不少，我還得趕去下一床呢！喔，對了！別忘了餵食完還要餵清水喔。」

「我還記得要用涼水呢，放心。」

「希望你別怪阿姨我囉唆，餵食這種事看似簡單，其實操作很細膩的，也要花時間，不是每個家屬都願意學習的，所以我都習慣叮嚀一下。」

「我知道。」高韞笑了笑。

「好啦，我去下一床了，有事按鈴。」

護理師指了下床頭的緊急按鈕。

她對眼前的孩子頗有好感，人家都說久病床前無孝子，見多了將長輩送進醫院後就不管不顧，甚至為了照護歸屬起爭執的事件，像高韞這樣定期撥空來探望的很難得。

「不好意思！」高韞叫住護理師，「我想問一下家母的情況能轉院嗎？」

「這個嘛，應該沒有大問題，不過還是需要由主治醫師判斷。我等等就幫你問，餵完的話來護理站一趟喔。」

「謝謝。」高韞點頭感謝。

隨著護理師退離，病房又回到凝寂的狀態。

送父親去服刑後，高韞覺得自己是不會再回到這座城市了，於是有意將母親轉院到現在任職的地方，好好等父親出來後團聚，畢竟他們一家人本就計畫回到父親的故鄉安身落腳。

誰知詢問完轉院的相關手續後，又讓高韞陷入憂愁。

母親昏迷中，長途轉院需要醫護各一人相隨，且母親的身體情況搭乘飛機的風險太大，走陸路轉院又必須耗時多日，院方估計的相關費用，高韞一時間根本拿不出手，如此種種讓高韞身心俱疲。

「媽媽……我該怎麼辦呢？我好像沒有一件事做得好……」

高韞佇立在病床前，語音顫抖，無助地握著母親因長期臥床而有些肌肉退化的手。

偵辦的案件遲遲未能突破，父親遭重判，現在連想就近照顧母親都困難重重，嚴苛的境遇令高韞胸腔泛起疼痛，凝難的呼吸裡隱約夾雜著一絲灰塵的氣味。

他垂喪著頭，沉浸在哀傷與自責中，沒發現母親的眼尾依稀抽動了一下。

◆

最後高韞帶著黯然的步伐，坐上回程的航班。

引擎聲轟隆作響，飛機脫離地面，喧鬧的光火衝破雲層，迎來無垠的暗夜。

高韞茫然地望著窗外無邊如深淵的黑，感到心累。不過短短幾日，高韞彷彿過了數年。

他對法律感到無奈，對生活感到茫然，不知未來還要面對什麼。

他心情煩雜地打開電視，想選個搞笑節目來舒緩自己的情緒。

轉臺的過程中，一檔醫學期刊的節目引起他的興趣。專欄報導日前科學有項研究，指出一些Dom和Sub有了喜歡的人後，大腦因戀愛釋放的多巴胺會和DS特有的基因迴路相牴觸，使陷入戀愛的D與S在面對非親密關係者時，情緒容易起伏不定，易怒易躁。

雖然這項說法還在研究階段，可高韞一邊看一邊點頭，暗自認可這項研究的可信度。

因為他一想起康格就渾身不快。

他給出了命令，沒有收穫可愛萌萌的呼嚕聲就算了，反而看見一個成年人嚇到兩腳發軟的場景，怎麼想都倒胃口。

難受的感覺揮之不散，高韞索性掏出手機，點開一則影片，那是他偷拍艾萊恩在他腿上睡著的影片。

艾萊恩睡到一半，在夢裡迷迷糊糊舔手手的畫面療癒了高韞此刻陰霾的心情。

他好想抱抱他的大貓咪。

短短幾秒的影片，高韞反覆觀看了好多次，直到機長宣布降落。

『各位旅客您好，本班機即將降落目的地，目前目的地天氣潮溼陰雨，我們將會穿過一片氣流不穩定的雲層，還請各位旅客繫緊安全帶，這裡先祝您旅途愉快。』

依照廣播，高韞將手機放回口袋，豎直椅背等待降落，接著飛機逐漸下降潛入雲層，機身開始震盪起來。

高韞不安地看著窗外，打在窗上的雨滴越來越大。

第九章

今年的第一場颱風在夏末急速登陸。早晨原本稀落的雨點，沒多久便轉成密密麻麻的斜線。

暴雨沖刷著艾萊恩所在的城市，午後新聞開始播報停班停課的消息，許多一早出門上班的民眾紛紛驅車趕回家中，馬路上出現數條長長車龍。

艾萊恩皺著眉頭凝視窗外，救援中心的每位成員無不提高警覺。雖說天氣變化劇烈的日子裡，救援案件比平日多出幾倍是常態，但艾萊恩今早起床就感覺心裡特別焦躁，自己也說不出所以然。

濃烈的不安籠罩著他。

風暴持續肆虐，隨著越漸增大的雨勢，路間茂密的樹叢被猛烈的雨滴擊落到只剩枝幹。

此時遠方閃電乍現，接著雷聲轟鳴，艾萊恩眼前猛然跳出一幕烏鴉瞪著自己的畫面——一雙雙深不見底的漆黑眼球萬分駭人。

霎時間雞皮疙瘩席捲全身上下，艾萊恩身軀緊繃到獸耳炸毛。

他猛甩頭，極力揮去年幼時可怕的記憶。他很久不曾鮮明地想起小時候那段受困於垃圾車的片段了，即便偶爾想到或有人問起，他也能從容地帶過。

可今日憶起，怎麼會讓人如此恐懼呢？

「剛剛的雷好大聲，應該是落在附近，希望沒造成事端。」

彼得雙手抱胸走到艾萊恩身旁，視線跨過窗框，憂心忡忡地望著雷電落下的方向。

突然，艾萊恩居然暈眩似的往後傾倒，彼得一陣驚慌，快手扶住他。

只見艾萊恩雙肩微微顫抖，太陽穴不停冒出冷汗。

見狀，彼得不安地問：「隊長！你是不是不舒服？還是鎮靜劑過量？」

盜汗與頭暈是Sub服用過量鎮靜劑常出現的副作用，彼得知道艾萊恩的Dom這幾天不在，為了緩解欲求，他很有可能服用高濃度的鎮靜劑。

「我沒事。」艾萊恩扶著牆搖頭，對彼得笑笑，「別擔心，我只吃一次藥而已，剛剛只是沒站穩。」

「沒站穩……這……」

這句話估計連艾萊恩自己都不信，彼得當然不可能信。

當他想繼續追問時，牆上鮮紅的警報聲驟響！與此同時，接線室的大門砰地一聲打開，李里亞臉色慘白地跑出來。

「隊、隊、隊隊長！萊恩隊長！你快來！」李里亞大喊。

「怎麼了？」

「報案人、報案人他……」

艾萊恩與彼得愣了一下。李里亞是專業的接線員，任何事件都能冷靜對應，未曾出現如此慌張的樣子。

艾萊恩二話不說，立刻衝進接線室抓起耳麥聆聽。

耳機裡是一片大雨沙沙的聲響，在厚重的雨聲中隱約夾雜著犬類的嘶吼，以及聽似布料撕扯搏鬥的聲音。

艾萊恩定神細聽，立刻領會李里亞的意思。

「是莫卡對嗎？雖然不清楚，但聲音很像。」李里亞戰戰兢兢地問。

來電求救的，正是那位之前遭遇跟蹤的杜賓獸人——莫卡。

艾萊恩看著接線螢幕定位出來的地點，眼神驟然黯下：

「彼得跟我去，剩下的人聽邊牧小隊的指令，一切救援照SOP進行。若有重大狀況，務必請求隔壁市支援。」

「是。」

接獲指令，邊牧隊長立即應答。

救援隊的每個人都清楚，艾萊恩相當重視救援中心出隊、留守的平衡，會要求副隊長彼得一起出隊的事件，想必相當棘手。每人心中不禁緊張起來。

雨霧中視線不佳，艾萊恩不顧車龍，猛按喇叭開道，颱風天的雨珠如槍林彈雨般瘋狂擊打在車身，撞出啪噹躁鬱的響聲。

「艾萊恩，別慌！欲速則不達！橫衝直撞傷了無辜怎麼辦？」彼得按著艾萊恩的肩膀，試圖要讓夥伴冷靜下來，「到底是什麼人讓你這麼緊張？莫卡是誰？」

彼得沉穩的力量成功傳遞給艾萊恩，他放開油門，讓車速緩下。

「是那個人，彼得，是那個犯人！」

「犯人？」彼得一臉狐疑，隨即恍然大悟，「你是說連環傷人案的犯人？」

艾萊恩用力點頭。

「對！莫卡……就是剛剛的報案人，幾個月前他曾因為被惡意跟蹤，打電話到中心求助，雖然當時有驚無險，不過我們推斷他是這次連環傷人案的第一位被害者，只是凶嫌沒得手。」艾萊恩的聲音越發顫抖，「但沒想到今天……該死的！該死的，彼得！我沒料到會是這樣！那個變態！」

艾萊恩大力捶打方向盤。

沒想到莫卡再次被襲擊了，凶嫌自始自終都沒打算放過他鎖定的目標。導航地圖顯示他們已經來到被害者的手機定位附近，但不須找尋也能一眼知道杜賓在哪裡。

不管什麼天氣，永遠不缺看熱鬧的民眾，艾萊恩與彼得遠遠就看見有一群人圍繞在大橋旁，對著河堤下東張西望。

兩人趕緊跳下車，他們無暇穿雨衣，扛起擔架就往人群衝去。

濃濃的血腥味迎面撲鼻而來，並未因大雨的沖刷而稀釋分毫。艾萊恩的心臟像失序般瘋狂跳動，第六感告訴他，這次的狀況與伊凡的情形截然不同。

穿過群眾，他們看見倒在草叢中一抹炭黑的身軀，化為犬型的杜賓獸人在一片綠灰灰的曠野中分外渺小，也分外醒目。

大雨溼漉兩人的衣服，他和彼得彎曲膝蓋，躬著身小心翼翼地滑過堤坡，來到杜賓身旁。

然而——眼前的景象讓艾萊恩心頭一凜，全身血液急速逆流。

只見草叢四周的土壤遭鮮血染黑，血水混著雨水匯集成幾條水流，而倒臥的身軀除了身中多刀、皮肉外翻之外，莫卡的雙耳被殘忍地割去，散落旁處、尾巴也遭砍斷，露出一截怵目驚心的尾骨。

在許久許久之前，一些品種工作犬為了執行任務或生存需要，有裁耳剪尾的習慣，不過進入新紀元世界後，這樣的習慣早已消逝。

更何況，犬類是犬類，獸人是獸人，兩者自始至終是完全不同的存在，故意將犬類在過去文化的陋習施加在獸人身上，凶手的惡意與刻意羞辱的意圖再明顯不過。

一瞬間，艾萊恩頓感窒息，他將手上的東西全塞給彼得，摀著腹部乾嘔起來。

藏在草根底部的蒼蠅及飛蟲因兩人的到來受到驚擾，大量蚊蠅竄出，聚成一團團可怕的黑霧，飛繞在艾萊恩周圍。

河邊腐泥的氣味。

遮蔽視線的蒼蠅。

大雨、閃電、雷鳴！

以及遭剪去的斷尾！

這景象令艾萊恩頭暈目眩，霍地一陣劇痛從尾部炸裂開來，痛感迅速蔓延全身。

艾萊恩抱著頭渾身冒汗，神情痛苦地蹲縮在地，血液彷彿從他體內抽離得一滴不剩。

他眼前的景象全變了，他回到那天——受困在狹小垃圾桶中的那一夜！

想翻身逃離卻屢次失敗，最後絕望。

身體被控制，無法掙脫的顫慄感禁錮著艾萊恩的理智，久久不曾憶起的恐懼再次緊掐著他的喉嚨，越來越少氧氣通過肺部。

艾萊恩揮動四肢，猛力撕扯著自己的頭髮與衣服，聲嘶力竭咆哮起來。

粗厚的獸吼夾雜在暴雨中狂如擂鼓，現場頓時不寒而慄。

「啊啊啊不好啦！獸人發瘋啦！！」

「獅子！是獅子抓狂了，快快快快逃啊——」

「天啊！快跑、獸人失控了！」

艾萊恩化成猛獅的形態與震天的獸吼嚇壞民眾，瞬間，河堤上圍觀的人群尖叫聲四起。

突發狀況連彼得也束手無策，只能盡力阻擋暴走的艾萊恩不要誤傷到莫卡。

周旋了一段時間，直到馳援的警力及醫護人員趕來，強制替艾萊恩注射麻醉劑，使他在藥效的作用下暈迷過去，才平息這場意外紛亂。

◆

一滴、兩滴、三滴……

像豌豆大的雨點紛紛落下，打溼艾萊恩的臉蛋，他灰蒼蒼的小臉頰如白蠟般僵硬。

四滴、五滴、六滴……

落在身上的雨滴越來越多，轉眼間，雨滴降下的速度變得又急又快，讓艾萊恩再也數不過來。漸漸地，雨水蓄積在垃圾桶內，淹過他的腳踝、小腿、腰際……眼看就要淹過他的口鼻！

尾巴的傷口浸泡在雨水中，痛楚宛如有萬隻螞蟻往他血管裡鑽。

艾萊恩絕望地躺在垃圾桶內，視線逐漸渙散……

「艾萊恩！艾萊恩！」

嚇！

一股強烈的晃動搖醒艾萊恩，他赫然睜眼，隨即映入眼簾的是彼得神色焦灼的臉。

意識由飄渺轉成鎮定，艾萊恩定了定心神，發現自己身處救助中心的休息室。

這裡平時是給輪值隊員稍作歇息的地方，約五坪大的空間裡擺設了幾張折疊躺椅，還有簡單的餅乾、飲料供隊員充飢。

「你還好嗎？突然抽搐……」

「沒……沒事，我只是做了個夢……」艾萊恩清了一下喉嚨，按住大力起伏的胸口，發現冷汗沾溼了他上身的領口，同時他意識到什麼，大力掀開被子一看。

衣服已經全身換掉，連褲子都換成窄管露尾的款式。

這不是他的衣服。

艾萊恩喘息著猛然想起自己發狂時的情形，胃部頓時升起一陣絞痛。他緩緩轉頭，眼角心有餘悸地瞥向身後。

果然，尾巴被拉出來了。

「這……」

艾萊恩抓著褲子一臉驚愕。

「這是我的褲子，你的衣服都爛了。」彼得耐著性子解釋。

從前艾萊恩都稱工作不方便，所以從不穿露尾的褲子。長長的尾巴有時會不小心勾扯到物品，可能會對救援工作造成阻礙，因此彼得從來沒質疑過這說法，不過……

經過這次事件，彼得終於明白艾萊恩不穿露尾褲子的另一個理由。

艾萊恩的尾巴根部，有段因受傷而導致不自然的彎曲。由於彎折的角度太過明顯，要人不注意都難。

獸人的尾巴如同手腳，一旦有了殘缺，心靈必然也會感到受傷。

「我的褲子要是包住尾巴，你穿不上，只能幫你把尾巴拉出來。如果讓你感到不舒服，我先跟你道歉。」

艾萊恩握著扭曲的尾巴靜默不語，片刻後他搖頭，沉下聲解釋：

「是我該謝謝你才對，讓你麻煩了。其實我沒那麼排斥露尾巴，我只是不想讓人看到，因為總會有人問……」

伴隨年紀的增長，艾萊恩不再像年幼時一樣牴觸歪曲的尾巴，但偶爾被人看見，免不了會問起那段不願回憶的經歷，他索性不再穿露尾的褲子。

他以為這段駭人的傷痛已隨著傷口結痂淡去，在衣物的遮掩下永遠不會再揭開，誰知今日會以這樣的方式重返。

「我了解，世界上總有白目的人。」彼得聳聳肩，沒再提尾巴的事，「身體覺得如何？他們幫你注射好幾管麻醉你才靜下來，交代要我們觀察你的狀況，不舒服就別逞強，隊上人員很夠。」

聽彼得這麼一說，艾萊恩確實感到頭暈目眩，腦袋深處隱約脹痛，忍不住揉揉眉心。不要緊，他還忍得住。

「……糟糕！莫卡人呢？」

忽然，他想起出勤的目的。

「他傷得很重。不過老天保佑，稍早醫院傳來消息，說是已經平安脫離險境，只是耳朵和尾巴接不回去了。」彼得擰了一下眉直言。

得知莫卡的清況，艾萊恩內心五味雜陳，緊握自己尾巴的力道不自覺加重。

他的尾巴因為小時候那場意外的關係，至今都是歪斜的。對以尾巴為榮的獸人來說，縱使斷尾並不影響日常生活，但極度影響心理。過去好長一段時間裡，只要周圍有人發出笑聲，艾萊恩總會懷疑是對方發現了自己歪曲的尾巴，這個情況直到脫離青少年時期才漸漸好轉。

因此，他無法想像失去尾巴的莫卡以後要怎麼面對自己，或是面對外界的眼光。

察覺到夥伴的消沉，彼得走到廚櫃前，撕開咖啡包，俐落地替艾萊恩沖了杯咖啡，並從口袋裡掏出一部龜裂的手機，一起遞給他：

「拿去，先安安神吧。你昏睡整整一天了。」

接過咖啡和手機，艾萊恩點頭表示謝意。濃郁的咖啡香氣舒緩了他緊繃的神經。

「因為你的狀況不好，我已經通知你家人了。你媽媽說她要過來，我想這個時間應該快到了。」彼得看了看錶，接著嘆了口氣，補充道：「還有，市政廳有送來指令，要你停止參與案件調查，上頭也希望你休息三天，好好調整一下心情。」

聞言，艾萊恩默不作聲，低頭繼續啜飲咖啡，一邊反覆撥按失去功能的手機。他知道上位者口頭上講得好聽是休息三天，實際上是三日停職處分。

無法再參與案件了啊……

這意味著將有人取代自己，成為高轀的搭檔，或是只剩他一人孤軍奮戰……

不知道他父親的案子結果如何了？

艾萊恩的思緒紛亂交錯，一下轉到高轀，一下又跳到河堤上民眾慌張奔逃的影像，五官不自覺糾結起來，用乾澀的聲音問：

「我沒傷害到無辜的人吧？」

明白好友的擔憂，彼得搖搖頭，露出安慰的微笑，輕捶了艾萊恩的肩膀：

「你是我見過最溫柔的巨人，夥伴。找個人送你回家？剛好也到交班時間了。」

友。

艾萊恩抿唇淺笑，輕輕應聲同意彼得的提議，感謝在自己脆弱之時身旁還有一位知心好友。

◆

「隊長，真的不用陪你上樓嗎？」

邊牧隊員瞄了一眼埋在巷尾的老舊公寓，露出憂慮的眼神。

「不用不用，就二樓而已，我自己可以。你還是趕快回家陪老婆小孩吧，今天是孩子滿周歲生日不是嗎？」

「哎嘿！隊長記得我孩子生日啊？」

提到孩子，邊牧隊員初為人父的喜悅藏不住，父愛全體現在搖晃不停的尾巴上。

「當然。快回家吹蠟燭，教他怎麼閉上眼睛許願！」

艾萊恩關上車門，對車內擺了快回去的手勢。

「嗯……好吧，那我先走了，隊長你好好休息喔。」

想到孩子滿懷期待地在家中等著，邊牧欣然接受艾萊恩的催促，重新發動引擎。

傍晚夕陽的橘紅瀰漫天際，空氣中還帶著颱風過境的濃重水氣，艾萊恩看著隊員的車遠去，心裡又開始掛念起高韞。

在兩人相處的時日，他偶爾聽過高韞提起家人的種種，知道他與狼人繼父感情深厚，不知道他們是否也曾在慶生時一起吹過蠟燭，吃蛋糕？

望著駛遠的車燈，想起戀人的艾萊恩微微一笑。

內心感到甜蜜之餘，同時他也感到擔憂，兩天沒和高韞連絡了，不知他回來沒？狼人父親怎麼樣了？

艾萊恩緩步走在巷內，一邊走一邊思考該如何與高韞解釋杜賓莫卡的情況，以及自己被勒令撤出調查的事。

也罷……看來停職三天也好，現在這狀況根本沒能力執勤，硬撐也只會給其他人徒增困擾。

艾萊恩胡亂思考著，絲毫沒發覺在公寓的窗口後方有雙微揚的鳳眼默默盯著他。

殘留在他體內的藥劑令他頭昏腦脹，艾萊恩甩了甩頭，頂著暈眩的腦袋爬上二樓，當他掏出鑰匙開門的時候，頭頂上傳出一陣疏離的腳步聲，鞋跟踏在石階上發出冷漠的聲音。

一抹纖瘦的人影緩緩從上方樓梯走下來，出現在艾萊恩的視線。

「你終於回來了。」

「韞！你怎麼來了？」艾萊恩眨了眨眼，吃驚地望著高韞。

他微微抽動鼻尖，發現自己太過沉浸於思緒之中，沒發現戀人的味道。

「我等了你一晚。你沒來機場，也沒接電話。」

高韞低語，口吻中帶著不滿與指責。

聽見對方不悅的語氣，艾萊恩這才注意到高韞身後拖著的行李，內心暗自驚訝自己家是高韞下飛機的第一站。雖然他跟高韞說過自己住哪裡，但他沒料到高韞會真的直接過來。

「抱歉，剛好有救援。」

「去哪裡救援？」

「昨天這裡剛有颱風經過，發生很多起意外。」艾萊恩眼神一閃，還沒準備好要和高韞提起莫卡，他微微努動下顎，謹慎地挑著詞彙回答。

「我是問你去哪裡救援，不是問為什麼救援，不要答非所問。」高韞走下樓，擋在艾萊恩家門前。

刑警的觀察力相當敏銳，一絲細微的眼神變化與肢體動作都難躲過高韞的眼睛，更何況是艾萊恩明顯的閃躲。

「我……高韞，我們晚點說好嗎？能不能讓我先進屋？」

艾萊恩深吸一口氣。

當下他頭暈得快要無法思考。

高韞沒回答艾萊恩的請求，他眼瞼垂下，將視線落在艾萊恩外露的尾巴上……

「尾巴……你怎麼會穿這種衣服？」

某種難以言明的苦悶情緒在高韞心中一掠而過。

父親入獄、母親轉院困難，無能為力的困境讓高韞心情糟透了，此時此刻他只想得到戀人的擁抱。

他急需艾萊恩的安慰。

殊不知下飛機後，高轀遲遲沒等到艾萊恩出現，連電話也打不通，他只好自行來到艾萊恩的住處。然而吹了一夜冷風不說，反而目睹戀人穿著別人的衣服被送回家。

艾萊恩沒有遵守自己允諾的約定，加上現在閃躲的態度，使高轀降至冰點的心情雪上加霜。

高轀覺得自己沒當場咆哮，鎮定地問話就耗盡了自己全身的自制力。

「這不是你的衣服吧?有人命令你露尾巴?」高轀眼眸下沉，音階卻提高了幾分。

「沒有人。」艾萊恩搖頭。

發現高轀的目光方向，艾萊恩下意識將自己歪曲的尾巴捲藏起來，避開高轀的視線。殊不知這無意之舉刺激到高轀敏感的神經。

「不可能，你不可能自己穿這種衣服。」

「現在一定要計較衣服嗎?」

「不然你認為先計較你失約這件事會比較好?」

「能不能先把這些事放到一邊?」

「不能!」

麻醉劑的暈眩感使艾萊恩的腦袋脹痛不已，但高轀並不知道，他只覺得艾萊恩在迴避自己，更加劇他控制的欲望。

此時高轀的內心極度不平衡。

他曾經那麼低聲下氣地希望艾萊恩能露出尾巴，讓自己摸一摸，卻屢遭拒絕，然而他竟然在另一個不知是何人的面前，展現出不願給自己看的一面！

高轀再也無法說服自己不要執著。

「對方是Dom嗎？一定是的吧？否則你怎麼會妥協。」

「什麼？」

艾萊恩愣住，不明白高轀話裡的意思。

「我告訴你，我不喜歡和別人共用東西。」

「共用是……你是指我是東西？」

艾萊恩頭痛欲裂，語氣不再忍讓。內心情緒的起伏與生理上的不適雙重疊壓，他幾乎快繃到極限。

「你就是我的東西！乖乖服從我一個人就好！」高轀喉間發出任性的怒喊，同時他的胃部開始緊縮。

「尾巴給我。」

他命令。

夾帶著慍火的聲音響徹整座樓梯間，頭上的燈泡啪嚓幾聲，忽明忽滅，艾萊恩的瞳孔在光線中顫動。

終於，他搖頭。

「我說尾巴給我。」

快點把尾巴交出來！

高轀在心裡吶喊，淹沒至頭頂的嫉妒心快將他逼至崩潰。

同樣，拒絕命令的堵塞感堵得艾萊恩喘不過氣，但此時艾萊恩的腦海中想起了李里亞說過的話。

『雖然Dom有命令的權力，可是要不要接受命令是Sub的選擇，D與S是平等的。』

沒錯。

他們應該是對等的。

「聽話，把尾巴給我！」

高轀瞇起眼再次下令，音質比前一次更急促、強制。

冷情的命令使艾萊恩閃耀著琥珀光澤的眼神瞬間黯淡，難過的情緒如沸騰的蒸氣般破頂而出。

艾萊恩大吼——

「為何我要無條件聽話！只因為我是Sub？」

施令和服從應該是兩人相愛下的默契，而不是單一方為了滿足情緒的命令。

「不要讓我重複！艾萊恩！」

說著，高轀急躁地將手伸向艾萊恩，剎那間，耳邊聽見一聲哈氣的嘶鳴。

等高轀回神，艾萊恩的獠牙已經穿進他的掌心。

經過半分鐘的震驚，疼痛感才由手掌傳導到高轀的大腦，他一時間怔住，定格在原地沒了動作。

血珠一滴一滴落在暗色的地磚上，綻出一朵又一朵刺眼的紅花。

過了不知多久，他才勉強找回自己的聲音。

「……你……咬我？」

高韞沒想到艾萊恩會如此抗拒他的命令。

法律吝於給他慈悲的判決，連戀人也不再破例他的任性……

另一邊，艾萊恩震驚地看著眼前紅成一片的手掌，對自己的行為感到不可置信。

苦鹹的味道在艾萊恩的齒間擴散。

他鬆開了嘴，接連踉蹌退了好幾步，直到撞上後方斑駁的牆壁。

他咬了他。

這是最不該發生在他們之間的事。

「萊恩？這是怎麼了？」

當兩人震驚不已之際，突然一個女人的聲音由背後傳來，艾萊恩扭頭，看見艾薇拎著大包小包的袋子，現身在狹小的樓梯間。

「媽……」他的嗓音透著顫抖。

「彼得打給我，說你不舒服，但現在什麼情況……」

「我……」

「你傷了人？」

艾萊恩神色慘澹地望著艾薇，接著又看了眼高韞，刺眼的鮮紅滴滴答答地落在地上，艾萊恩一咬牙，直接越過母親拔腿衝下樓。

「萊恩——！」

艾薇撲上窗戶呼喚跑遠的艾萊恩，但艾萊恩頭也不回，直到兒子的氣味淡去，艾薇才幽幽地嘆口氣，轉向高韞：

「請問你是高韞嗎？」

「嗯。」

聽見女人知道自己的名字，高韞起初有些訝異，隨後點了點頭。

「的確是秀氣的孩子，和萊恩在電話裡形容得一模一樣呢。」艾薇收起擔憂的情緒，勉強露出微笑打開了門，溫婉地請高韞進屋，「我是萊恩的媽媽，總之，先進來處理一下傷口吧。」

「呃……您……不去找艾萊恩嗎？」

高韞盯著艾萊恩離去的方向，臉色徬徨地問。

「我那寶貝兒子啊，能去的地方也就那幾處，要不是去彼得那裡，就是回救助中心。別擔心，真的有什麼事，彼得會連絡我的，眼下先處理你的傷比較要緊。好了，快進來！」

艾薇催促道。

艾萊恩的棲身之所是專門出租給單身人士的套房，雖說空間設施對艾萊恩而言略嫌迷你，但還算五臟俱全。

高韞環視房內簡約的布置，試想著艾萊恩平日生活的樣子。

在艾薇細心的包紮下，高韞的傷口很快便止住了血。

包紮的過程中，艾薇一邊解釋自己的來意，並揭開了艾萊恩不願啟齒的過往。聽著艾薇轉述的往事，高韞逐漸壓抑不住情緒，內心浮現滿腔歉意。

「還痛嗎？」

高韞搖頭。

「我看這傷口一定會留疤，我為那孩子的魯莽向你道歉。」艾薇說著，對高韞微微伏身。

「阿姨，您別這麼說，這只是小傷，我根本不介意留疤什麼的……再說……這是我的錯……」高韞連忙扶起艾薇，同時為自己方才的言行深深感到懊悔。

他不知曉艾萊恩有那麼不堪回首的回憶，更沒想到他的尾巴除了被剪傷之外，還遭人狠狠踩斷過。

高韞沒有尾巴，無法體會尾巴受傷到底會帶來多大的心理負擔，不過他明白那等同於人類斷了手腳一般，當下肯定劇痛難忍。

高韞想到這裡便再也想不下去，他的心臟緊揪起來，自責自己剛剛一時的任性，帶給艾萊恩的心理傷害。

那必然是道難以跨越的深溝，才會逼他咬了人。

此刻，高韞感受到刺入心肺的哀傷在體內擴散。

看出面前的男孩深藏在眼底的心疼，艾薇笑了。她的寶貝兒子遇到了在乎他的人，沒有比這更令人安心的事了。

為人父母，都明白自己無法陪孩子一輩子，知道往後有一個真心的人能伴著兒子走接下來的路，艾薇感慨卻也欣慰。

她一邊替兒子收拾散亂在桌上的雜物，一邊和高轀閒聊起來：

「你也別太自責了。彼得打給我，說那孩子變回獅型時我確實嚇了一大跳，他的自制力一向很好，這次會如此脫序應該是受到不小的刺激，你只是這份刺激的延續罷了。」

「可是我傷害了他也是事實，像在他傷口上撒鹽一樣……」

說著說著，高轀又低下了頭。

「不都說不知者無罪嗎？而且我聽彼得稍微提過當天現場的狀況，那場面，我光聽敘述就害怕。」說到這裡，艾薇略微蹙眉，但很快又恢復柔和的表情。

她走到櫥櫃前，抽出乾淨的床單著手換上，「話說回來，那孩子可不會輕易在別人面前獸化呢，我這個做媽媽的也好久沒見過萊恩獸化的樣貌了。」

高轀聞言，怔愣地抬起頭，猛眨好幾下眼睛。

不對啊！艾萊恩可是第一次在他家休息就獸化睡著的……

「您是說，艾萊恩不常獸化嗎？」

「是啊，好多年了。我在想是不是因為獸化時無法穿褲子的緣故，導致那孩子養成非必要就不願獸化的習慣，明明獸化是獸人最舒適的狀態呢。」

「最舒適的狀態……」

高轀喃喃自語，想起艾萊恩確實說過他睡覺時習慣獸化。

他咀嚼著艾薇的話，腦中浮現出父親獸化成狼形，依偎在母親懷裡的模樣。

那畫面總讓他感到祥和寧靜。

如此說來，艾萊恩和自己在一起的時候，是安心放鬆的嗎？

這時身旁的艾薇突然驚呼一聲，從枕頭下抽出一團皺巴巴的衣服唸道：

「哎呀，這孩子！都這麼大的人了，把東西藏在枕頭下的小孩習慣就是改不了。」

「藏在枕頭下？」

高韞看著那件側腰破了大洞的睡衣，面露疑惑。

「是啊，萊恩愛把喜歡的東西藏在枕頭下，小時候總會藏一些軟糖餅乾，有時候巧克力還會融化，床單洗都洗不完。還好衣服這東西壓不壞，你說是吧？」

艾薇晃了晃手上明顯小一號的睡衣，綻放滿臉笑容。

她早就看出了那並非艾萊恩的衣服，事實上，光由氣味她就知道這件睡衣是高韞的所有物，但願高韞能領會到她話裡的意思。

接著艾薇意有所指地將衣服攤平在桌上，重新摺好，等換完床單又放回枕頭下。而高韞十指握緊，默默地什麼話也沒說。

那件破洞的睡衣，正是上次艾萊恩來家裡時撐破的那一件。本來他想只是睡衣，破了也無所謂，能在家中加減穿，怎知後來怎麼找都找不到。

原以為是自己整理房子時隨手丟了，沒有印象，沒想到是被艾萊恩帶走了。

甚至寶貝地壓在枕頭下。

體認到自己在對方心中的地位，高轀的心臟劇烈跳動著，這一刻他恍然大悟。

他意識到強迫艾萊恩將尾巴交出來，急於用命令的方式證明自己在戀人心中的地位，無疑是一種不信任的表現。

原來他不僅在艾萊恩的傷口上撒了鹽，無形中更傷了他的心。

剛才在樓梯間，艾萊恩失望的眼神猶如光彩消逝的銀飾，一遍又一遍地閃過高轀的腦海……

「真是的，艾萊恩那傢伙，我下次要跟他收家政費！」

彼得鼓著臉頰，手上曬著衣服，嘴裡不斷抱怨。

自從前幾天艾萊恩和高韞發生爭執後，為了避免回家會遇到高韞，艾萊恩便一直留宿在救助中心，換洗衣服的需求全仰賴彼得幫忙收送。

本以為這件事過幾天就過去了，世界上哪對戀人不會鬧情緒。誰知道快兩個星期了，艾萊恩還是這副模樣，甚至因為衣服本來就少，不夠替換，彼得還包辦起洗衣晒衣的工作。

「李里亞，你叫你朋友盡快解決這件事，否則我要替一個大男人晾內褲到什麼時候？」

「小韞已經很努力了嘛，你沒看到我們這幾次來的時候都看見他在等門？你才該勸勸你朋友吧，叫他不要逃避了啦。」

李里亞癟癟嘴，遞給彼得一個晒衣夾，而對方只是嘆氣。

彼得也清楚，這個結在艾萊恩身上。

如果他從沒看過艾萊恩狂暴的獸化，或許他還開得了口勸幾句，可在見過好友陷入深淵驚恐的樣子之後，彼得一時也不知道勸艾萊恩是對還是錯？

畢竟不是當事者，旁人永遠無法明白過往陰影留在當事者心上的，會是多深的傷痕。

若是只憑自己單一的觀點，就要某人對某件事放寬心，這樣的安慰態度怎麼想都有些草率……看來，有些事情還是只能交由時間解決了。

不過……這個過程會花多久呢？

彼得自己也不敢想像。

也許此刻他能做的，只有陪伴吧。

對話進行到這裡，兩人都默不作聲，一邊晒衣服一邊發愁，各懷心事。

從洗衣機裡拿出最後一件衣服時，小鳥叫聲的門鈴響起，彼得透過監視螢幕，看見來者是位快遞小哥。

「不錯嘛，艾萊恩那傢伙，看來我還得兼職收發員，一件我要收他五成服務費。」

彼得一邊嘀咕一邊打開門，但門扉敞開的一瞬間，他隱隱感覺到一絲不對勁，但又說不上來。

「你好，這裡是白貓快遞。有艾萊恩先生的包裹。」

「好的。簽這裡就行了嗎？」他掃了眼快遞員，發現他帽緣壓得很低，看不見表情。

「對，空白處都可以。」快遞員用筆指了指簽單上的某一角，將筆交給彼得後用模糊的氣音說了句，「是獸人啊……」

即便快遞員的音量很低，幾乎埋在喉嚨裡，但彼得聽得十分清楚。

對方不自然的低語引起他的注意，豎起微彎的兔耳警惕起來，與此同時，一抹鋒芒從快遞員的手中閃現，銳利的水果刀瞬間劃破彼得的手臂！

快遞員竟然趁彼得低頭簽名的空隙拔刀攻擊！

幸好彼得反應敏捷，一個猛力彈跳躲過突擊，可衣服仍被割出長長的裂痕。

這一幕卻把隨後出來的李里亞嚇傻了。

「呃呃啊啊啊啊──！！」

見到第一擊突襲失利，快遞員發出狂吼，發瘋地拿著刀對空胡亂揮舞，情急之下，彼得只能護著李里亞在狹窄的房間裡躲竄。

短短幾秒，室內一片狼藉，可李里亞身為人類，速度趕不上彼得，在閃躲中不小心扭到腳摔撲在地上。

快遞員見狀，立刻朝李里亞刺去！

「糟了！」彼得慌張地喊。

說時遲那時快，在彼得與李里亞無法對攻擊做出反應之前，耳中先聽見一道悽慘的哀號。

只見高韞以手刀劈落嫌犯手裡的凶器，及時抓住他的手腕，施力扭轉，立即將嫌犯緊緊壓在地面上，隨後掏出手銬把人銬在窗框上，以防他逃跑。在逮捕流程結束後，他才鬆口氣，轉過頭看著其他兩人。

「你們沒事吧？」

「不愧是高刑警，訓練有素。」彼得開口讚嘆，兩眼直盯著嫌犯上銬的手，確認他無法掙脫才鬆口氣。

「小韞！謝謝你！剛剛真是嚇死了。」李里亞撫著胸口，心有餘悸地說。

不料就在大夥喘口氣的同時，本來凶神惡煞的嫌犯居然抽噎起來，沒一會眼淚潰堤，把臉埋在雙膝間嚎啕痛哭，哭得上氣不接下氣，與剛剛殺意騰騰的樣子有天壤之別。

「這傢伙怎麼回事啊？該不會精神有病吧？」彼得大力皺眉。

嫌犯哭得如此之慘，高韞也看不出個所以然，只能叫附近巡邏的員警先來押人。

沒幾分鐘，兩臺鳴著響亮警笛的警車前後擠進寧靜的小巷內，巷弄中一下子充滿了湊熱鬧的人，直到滿臉鼻涕的凶嫌被幾名彪形警員押走，圍觀人群才漸漸散去。

空氣中緊張的氛圍稍稍平息，三人才著手收拾戰況悽慘的房間。

李里亞一邊掃著碎裂在地上的花盆，隨口問起高韞的近況：「是說小韞，這個時間你怎麼在這裡？最近不是很忙嗎？」

由於杜賓獸人傷害事件的情節過於嚴重，當時又有許多目擊民眾，加上艾萊恩獸化的風波，事情想不上新聞都難。

連環傷害案拖遲未破的事讓輿論沸騰，引起眾人人心惶惶。不僅獸人救助中心近來湧進不少小題大作的報案電話，警局內部也翻出許多懸宕的陳年舊案，刑事組忙於排查，這陣子每日都疲於奔命。

不過李里亞問完，隨即意識到自己問了蠢問題，露出窘困的表情。

天啊，自己到底在問什麼？該不會是智商被嚇得倒退了吧。小韞來這裡的理由，不就只有一個嗎?李里亞心裡暗罵自己。

反觀高韞並不介意，他只是淡淡地問：

「他還好嗎？」

「不算好，但也不壞吧，就那樣。」彼得回得簡單。

「這樣啊。」

高韞點點頭，繼續低頭善後的工作。

說完他們沉默下來，李里亞偷偷盯著好友默默整理的側臉，內心不由得升起一陣酸楚。

依高韞的個性，要是發生這種情況，他絕對會直接找來救助中心，可是這次他沒有……他收斂起性格，選擇退一步，全是為了給艾萊恩空間。

可是艾萊恩隊長呢?他知道高韞這般哀切的心情嗎?

兩人明明那麼思念著對方，卻因為心靈上的隔閡而無法相見，實在太令人難過了。

想著想著，李里亞手上的速度不禁慢了下來。也許是感受到戀人的憂愁，彼得將碎瓷片包好後主動發話。

「好了，李里亞，我們差不多該回去了，不然趕不上交班時間。」

「咦?可是地板什麼的……」李里亞煩惱地看著因桌子傾倒，散了一地的雜物。

「沒關係，接下來就有勞高刑警了!」

「喂喂喂!怎麼可以都丟給別人?」

李里亞為朋友抱不平!

「沒事的，李里亞，我現在下班了，可以幫忙，你們快回去吧。」高韞聳了聳肩回答道。

「那就拜託了，離開時請你幫我鎖上大鎖。」

彼得說著，拋給高韞一串鑰匙，這時李里亞才明白彼得的用意。

「這！妥當嗎？」高韞一臉驚訝地看著手中的鑰匙，又看向彼得。

「我手上的東西，當然是我說了算。」

「沒錯沒錯！我們可是得到授權使用的，當然是我們說了算。」李里亞點頭如搗蒜，馬上找到理由極力贊同。

高韞看著彼得與李里亞一唱一合的樣子終於笑了，露出淺淺的酒窩。

「我會把門鎖好的。」

「那就拜託了。」

彼得點頭，把要帶走的東西收拾好。出門前，他忽然頓了頓腳步，轉頭對高韞微聲說：「他也很想你，請再給他一些時間。」說完，逕自關上了門。

人員都散了，鬧劇般的事件落幕，屋裡回到寧靜。

高韞越過滿地還未收拾的雜物，疲憊地倒在艾萊恩的床上。他慢慢伸手在枕頭下摸索，直到指尖觸碰到不同於床單的觸感，懸空的心才稍微放下。

還好，衣服還在。

艾萊恩的心裡還有他的位置……

他蜷曲雙腿，疲憊地縮進艾萊恩的被褥中，好讓自己被他的氣味團團包圍，腦中想像著上一次對方擁抱自己的模樣。

還要多久才能重返那份懷抱呢？

高韞的眼角微微發紅，靜靜閉上眼，不敢細數。

◆

回到救助中心，彼得與李里亞立即感受到一股低氣壓籠罩在隊員們的頭上。

「怎麼各個哭喪著臉？」李里亞擔心又好奇。

「沒什麼……只是大家被隊長罵了一頓……」一位隊員夾著鼻音回答。

「嘿，你不會是被罵哭了吧？」彼得眼神意外。

「沒哭啦，就是有點……」

「說吧！什麼事搞砸了？」

大伙面面相覷了幾眼，才吞吞吐吐道：「我們搞錯了救援地點，多繞了幾圈才找到受困者……」

「嗯，確實該罵。」

「是該罵沒有錯，可是、可是隊長的樣子……」說到此，隊員們欲言又止，沒人敢接話。

艾萊恩不只發脾氣，他釋放的氣場是前所未有的凌厲，彷彿他白森的獠牙隨時會撕咬過來。

縱使隊員們和艾萊恩相處許久，彼此相當熟絡，隊員們對艾萊恩沒有恐懼，只有尊敬，但今日的氣息卻叫人聞聲喪膽。

「沒事，隊長他只是這幾天心情不穩定，原因你們也知道，就互相體諒體諒吧！」彼得拍了拍隊員的肩膀，嘴角露出一抹無奈。

「副隊，我們不是在怪隊長，而是隊長他的樣子實在太反常了。」一位隊員開口。

「就是啊，之前不管遇到多糟的狀況，隊長也從來沒這樣過。」另一位隊員道出眾人的擔憂，「我們是擔心他如果情緒不穩，在勤務時又不小心獸化暴走，那不是又要被罰了嗎？」

在場每一位隊員皆共事多年，是彼此的戰友，更情同兄弟，誰會真的計較自己被罵呢？所有人在意的都是艾萊恩的狀況。

「別擔心，我去看看。」彼得一聽，無奈的嘴角轉成欣慰的笑容，朝艾萊恩的辦公室走去。

辦公室內，艾萊恩正蹲在地上撿拾一疊一疊的卷宗。

這些資料本來是要封箱還給高韞的，沒想到他剛剛訓誡時太過激動，打翻了箱子，現在只好悶著頭重新整理。

心裡正躁鬱著，彼得的聲音便闖進來。

「我說你別太超過了。」

「呵，有人找你告狀？」艾萊恩哼笑。

「大家是擔心你的身心狀況。做為隊長，你的職責是讓隊員安心，對外救援能夠義無反顧，若還要隊員反過來擔心你，你不覺得你失職嗎？」彼得一開口便直言不諱。

乍聞這番話，艾萊恩選擇靜默沒有出聲，但他聽進了好友這番忠言，氣息明顯鈍了許多，手上的動作也放輕不少。

艾萊恩將散落的資料撿起、放回箱內，片刻過後才低喃了一聲。

「……我很抱歉。」

「唉，這些話不該對我講吧？真是……喏！你的衣服！」彼得無奈搖頭，接著將一包東西丟給艾萊恩。

艾萊恩一手接住，卻摸到袋子裡有硬質的觸感，不禁滿臉疑惑。

「這是？」

「你的包裹。」彼得回答，他本想接著說明包裹送達的經過，但在看見艾萊恩怔愣的表情後，決定先打住，試探一下，「你買的東西？」

「嗯。」

艾萊恩盯著灰色的包裹點點頭，雖然包裝未拆，但是他已經知道裡頭裝的是什麼了。

那是他為高轀選的六芒星耳環。

猶豫了一會後，他緩緩拿起包裹拆去包裝，打開盒子，取下一只閃耀的六芒星耳環擺在眼前端詳，底座精緻的字體刻著高轀的名字。

不知不覺間，艾萊恩嚴肅的眼尾柔緩下來，沉浸於思緒之中。

見此情景，無須多說也知道那耳環是為誰而買的。

彼得決定不再沉默。

「你知道高刑警父親的判決嗎?」他開門見山地問。

「什麼?結果出來了?」聞言艾萊恩大吃一驚，手上的耳環差點掉到地上。

「你不知道?」

「不……不知道，他沒說。」

艾萊恩低下頭，心虛地將耳環放回盒子裡。

「判三年十個月，沒有緩刑。」彼得一字一字說得清楚。

「三年十個月?」瞬間，艾萊恩瞪大了眼。

「算重判了。」彼得沉重地點頭。

「也太重了……」

「可能是考量到高刑警的職位吧。為了不讓社會輿論說司法縱容自己人，重罰也是常有的現象。」彼得感慨地繼續說，「原來你沒在追這件案子了?看你當初這麼關心，我以為你一定知道。」

彼得話中意有所指，他的弦外之音像是道強勁的巴掌，狠狠搧響了艾萊恩的臉頰。

剎那間，一抹苦澀湧至喉間，他眼神顫抖，內疚地垂下耳朵，神情彷彿跌進谷底。

這對高韞而言是多麼重要的事……明明是如此重要……可從他回來到現在，自己都只顧著自舔傷口，竟不曾關心過他一句。

自己承諾過會走進他的世界，會陪在他身邊的……怎麼總是沒做到……

彼得的一席話讓艾萊恩羞愧得抬不起頭。

艾萊恩啊艾萊恩，你到底要失約多少次？

「我知道你不是真的不關心你的人類，你只是還沒準備好面對他還有自己的事。但是萊恩，有些事等到準備好，可能就來不及嘍？」彼得一邊撥弄著李里亞送他的手鍊，真心地道出自己的建言。

「嗳……獅子一族不是有個故事嗎？」彼得又開口。

「什麼故事？」艾萊恩疑惑。

「從前有一隻小獅子問媽媽，幸福在哪裡？獅子媽媽說，幸福就在尾巴上，只要勇往直前，幸福就會跟在你身後。我說艾萊恩，你一直看著尾巴的傷口，幸福怎麼會來呢？」

獸人一族在過去幾個世紀，甚至更久以來都過著隱藏且孤獨的生活，他們好不容易誕生在新的紀元，有機會活在陽光與自由之下，有幸能掙脫除了繁衍後代外毫無情感的關係，觸碰到真實的愛情，彼得多希望自己的好友也能享受到這份美好。

兩個大男人難得說起心底的感情事，艾萊恩鼻腔微微泛起酸意，然而在這感性時刻，彼得話峰一轉，彈了個響指，換成俏皮的眼神。

「總之……為了避免你心情一直準備不好，所以我替你準備了。你給我的備用鑰匙，我剛剛已經給高刑警了。」

「喂！你怎麼擅自……？」這個彎轉得艾萊恩措手不及。

「我哪有擅自，我不是有得到你的授權嗎？」彼得搬用了李里亞的藉口，一臉得意，「還有，我要問你，你是最近有沒有招惹到什麼人，與人結怨？」

「與人結怨?沒有啊,我這幾天都在這裡,能招惹誰。」艾萊恩被問得莫名其妙,想了想後搖頭。

聽見艾萊恩的回答,彼得斜了眼盒子,娓娓道出方才快遞事件的經過,而艾萊恩得知來龍去脈後更加困惑。

這幾天他除了與高轀發生爭執,根本沒和外人產生衝突,實在想不透自己到底在哪裡得罪誰了。

「是救援的善後不妥當,惹人不滿嗎?那也不至於吧……」艾萊恩自問自答,喃喃自語。

這時,傳來急速奔跑的聲音,下一秒,李里亞一股勁地推開門,氣喘呼呼地指著手機大喊!

「彼得、隊長!他們抓到人了!」

「抓到誰?」

「就是杜賓案的那個連環犯人啊!他就是剛剛在隊長家襲擊我們的人!」

「什麼?那個孬種愛哭鬼?你沒看錯?」

彼得與艾萊恩同時露出詫異的表情。

「真的!市長在開破案記者會了!」

李里亞指著手機上的直播。

彼得看了一眼,連忙打開電視,而新聞臺清一色都在實況播報市長的破案發言。

『俗話說,法網恢恢疏而不漏。在警方鍥而不捨的追緝之下,終於在今天將凶嫌逮捕歸案。在此，我代表全體市民向警政單位說聲辛苦了，向第一線的執法警員說聲辛苦了，本人必定會讓我們市區成為犯罪率最低，破案效率最高的安全市區！』

電視中，市長高舉拳頭，擺著標準競選的擺拍姿勢，滿嘴假仁假義，聲線抑揚頓挫，與那天在市政廳開會時乾癟脫水的聲音截然不同。

「不可能！這個人不可能是犯人！」艾萊恩瞪著攝影機捕捉到的犯人畫面，激動高喊。

「可是最新的一篇報導說，犯人已經坦承了前幾起的案件，他供述了黑貓獸人、鬣狗還有灰狼的案子，連之前跟蹤杜賓的事也交代了。」

李里亞滑動手機，補述其他新聞的報導。

「他連跟蹤的案子也知道？」艾萊恩驚訝地搖頭，否定道，「怎麼可能！照彼得所說，這個嫌犯是正面襲擊你們，和過去從背後行凶的手法不一樣，為什麼會突然改變？還有，光是他攻擊彼得這點就很匪夷所思。據我和高韜之前的調查，凶手是會挑選被害者的，他偏好找深色毛髮、肉食系的獸人下手，怎麼看都不會挑彼得吧？」

「等等、等等，等一下隊長！」李里亞驚呼，比出暫停的手勢，「你有沒有發現你形容的是你自己？」

「我？」

「對耶，肉食性、獸人、深色毛髮，根本就是你啊！」彼得擊掌，回憶著方才受攻擊的情形，恍然大悟說：「我懂了！對，沒錯，凶手的目標是你才對……那個快遞員很有可能是被教唆的。」

「你說他被人指使？」

「我簽收包裹的時候，簽的是你的名字，但是他完全沒有察覺到不對，可見他根本不知道艾萊恩是誰。但如果他是被教唆的，這點就說得通了，幕後的真凶很有可能只告訴他要攻擊獸人，卻沒告訴他確切的目標類型，所以他一看到我是獸人，就對我發動攻擊。」

聽彼得說出自己的推斷，艾萊恩痛苦地抱著頭，腦袋快速運轉，越是深思，越難推翻這個論點。

「依你剛剛的觀察，你認為那個快遞員……有可能是Sub嗎？」艾萊恩瞇起眼睛，仔細思量後開口。

「我認為不無可能。」彼得立刻回答，眼前浮現出快遞員被捕後縮在角落爆哭的樣子。或許他是在被捕後才意識到自己慘遭滑鐵盧，也或許傷人並不是他的本意。

收到回答，艾萊恩沉重地閉上雙眼。

他和高轀之前曾推斷凶手是Dom，倘若快遞員是Sub，那真相似乎就在眼前。

這一刻，所有事件與線索就像串珠孔一樣都對齊了，只差最後那一根貫穿所有案件的絲線。

但，最後的那條線是什麼呢？

「隊長，你有沒有可能和凶手認識？」李里亞突然冒出一問。

「怎麼說？」艾萊恩疑惑。

李里亞嚥了口唾沫，神色不安地繼續說道：「因為如果真的有幕後真凶，那個人想必很了解隊長啊。他知道隊長一個人住，所以指使別人的時候才沒有交代清楚，因為他篤定開門的人絕對是你，他很清楚你的作息！」

李里亞一說完，所有人頓時刷白了臉。

沒有錯，要是他沒和高轀發生衝突、躲到中心來，那此時此刻他沒有勤務時，他的確是在家的。

一切讓艾萊恩細思極恐。

重點是，凶手是如何挑中自己的？

「喂喂喂，艾萊恩！你真的沒與人結仇嗎？看來對方把你調查得一清二楚耶！」

敵在暗，我在明的情形使彼得備感焦慮。

「真的沒有！你我認識這麼久，我的性格你不知——」

艾萊恩內心也煩躁起來，急切地反駁，但話剛脫口，彼得背後的電視畫面閃過一道光點，瞬間奪去他全部的視線。

他衝到電視前，近距離審視新聞直播。

新聞正在轉播凶嫌移送的畫面，縱使嫌犯的頭部套著頭套，不知長相，不過脖子上的一條墜鍊深深吸引了艾萊恩的注意力。

那是一顆做工精巧的六芒星墜鍊。

艾萊恩不自覺屏住了呼吸。

「李里亞……你買水晶時，很常看到六芒星造型的項鍊嗎？」艾萊恩用顫抖的聲音問。

「咦?好像沒有耶，大多都是做成珠子或是直接用原石，六芒星造型的我好像……沒看過。隊長為什麼要問這個?」李里亞歪著頭思考了一下，不知隊長為何突然提及不相干的問題。

艾萊恩一聽，渾身僵直，目光緩緩轉到桌上的飾品盒上。接著睜大了眼，急速撲到辦公桌前翻找那疊厚厚的資料，同時嘴裡念念有詞。

他聽不見新聞播報的聲音，聽不見彼得與李里亞焦急的詢問聲，只聽得見自己血液逆流的聲音。

心底有了明確的目標，艾萊恩從資料堆中抓起幾張紙，終於在被害者的消費明細中對照出一串相同的地址：西區天使大街第八十九號。

赫然有股熱流從脖梗竄升到腦門。

——是那間潔白如茉莉花的店。

◆

車胎滾過粗糙的柏油路，在一處紅石磚砌成的人行道前停下。

裝潢古典的水晶飾品店已經打烊，身著米白色襯衫的店長來到店門口，一如往常收起擺放在腳踏墊旁的廣告立牌。

櫥窗玻璃上反射出一輛黑色車身，店長停下手邊收拾的動作，好奇地回頭一望，見到艾萊恩下車並直直朝店裡走來，於是揮手招呼。

「原來是你！真不好意思，今天營業時間已經結束了。」

「是嗎？真不巧……不過我今天不是來選購首飾的。」艾萊恩嘴角露出禮貌的微笑。

「那是？」

「其實是上次買的耳環還沒有寄來。因為超過上次說的寄送時間了，我今天剛好經過，想來順便問一下。店長，您寄出了嗎？」

聽見艾萊恩的來意，店長很是詫異：「奇怪，我前幾天已經寄出去了，怎麼會還沒收到呢？」

「方便請你確認一下嗎？」

「沒問題。」店長領著艾萊恩進到店裡，一邊翻找凌亂的訂貨單，嘴裡一邊叨念，「我記得地址是在北區泉水街一百二十號二樓之一號，沒錯吧？」

艾萊恩點頭：「是這個地址沒錯，沒想到店長對只消費過一次的客人的住家地址這麼熟悉。」

艾萊恩此話一出，店長的笑容瞬間凝固。兩人之間的空氣僵住，彷彿沒有流動。

「這就是你的手法嗎？」艾萊恩不屑地哼笑一聲，「藉由客戶購物的機會得知他們的對象，並專門鎖定另一半是人類的獸人，再說服他們使用宅配取貨的方式獲取地址，最後還教唆別人幫你頂罪。」

這間飾品店其實早就列在排查的名單內了，只是還沒來得及查問，市府就革去了艾萊恩的職權，還搶先公布破案。

「這是笑話?很抱歉，我聽不懂您說什麼。」

店長的聲音笑著，不過眼角的笑意逐漸止住。

「沒關係，我可以說得更清楚一點。」艾萊恩無謂地聳肩，視線停留在店長左手無名指上一環淺淺的晒痕，「我猜你攻擊獸人的原因，是因為她離開了你?你前妻最後選擇誰呢?該不會叫莫卡吧?」

雖說杜賓莫卡的事純屬艾萊恩的推測，不過他內心百分百肯定，這是因愛激起的殺意。

由店長逐漸收攏的拳頭，他知道自己所言正確。

「你一開始就鎖定他，但計畫沒得逞，於是你又繞了一圈，其他人只是你掩人耳目的幌子，而你教唆人攻擊我，是想找人做代罪羔羊。」

艾萊恩講到此，內心不禁打了個寒顫。眼前的店主樣貌十分親和，若不是證據都指向他，誰會將他與殘忍的凶手連想在一起，可見他城府極深。

「你失去她，所以選擇傷害她的對象，藉此威脅她。」艾萊恩肯定道。

「嘿嘿嘿嘿嘿嘿……哈哈哈哈哈!」

聽著艾萊恩的論述，店長鄙夷地邪笑起來，「我沒有威脅她，我是給她提示。那隻狗沒事吧?我下手很懂分寸的，我只是想毀了他，沒有想傷害他的意思，半分都沒有，你要搞清楚這之間的差異。」

店主的臉部肌肉不自然地抽動，形成一張詭異的容貌。

「你這變態!」艾萊恩咬牙切齒地咒罵。

「這樣而已還好吧？」店長譏笑一聲，反問，「你第一次認識我？」

「什麼？」

店主的問題令艾萊恩的胸腔騷動，有股難以言明的不安感浮現心頭。

「沒想到過了這麼多年，你還是一樣愛討好人類呢，跟屁蟲艾萊恩。」

背後裝飾牆上微黃的燈光，清晰地照出店長暗藏不住的惡意。

原本勝券在握的局勢在此刻翻轉過來。

艾萊恩的呼吸瞬時停止，當年孩子王的模糊輪廓在他眼前快閃而過，艾萊恩不記得他的長相，只有當下的痛楚如扎根般深植在他腦海。

「你是……羅……素？」

也許表面的記憶會模糊，只是深埋於內心的傷痛是無論多長的時間都難以抹去的。他本來以為自己早已忘了這個名字，但在關鍵時刻，隱伏在心底深處幽遠的黑暗記憶卻鮮明地躍出腦海。

「記憶力不錯。當時學校都在傳你是Sub，不過你就這樣轉學了，沒有機會證實你的屁股有沒有蟲真是可惜。不如現在檢查看看？」羅素陰笑著稱讚，一邊拍手緩緩走出櫃檯。

聞言，艾萊恩寒毛直豎，背脊發麻，一路從腳底麻到頭頂。

他輕忽了，揭開真相的那刻過於激動，以至於他忘了對方可能是Dom的情況。

激烈的警鐘在艾萊恩心中狂響，可為時已晚。

「跪下，不准出聲。」

羅素發出命令喝斥的瞬間，艾萊恩雙膝一軟，整個人癱塌在地上。

驚慌爬滿他全身，艾萊恩能感受到自己的腿骨與地面發生抗拒，他極力想蹬起來，但身軀依然癱軟，雙膝仍死死貼在地上。

「你是Sub！你真的是Sub啊！呵呵呵哈哈哈哈哈！可悲的Sub！」見到艾萊恩跪倒的模樣，羅素見獵心喜，仰頭發出狂笑，抬起腳對艾萊恩的腹部一陣狠踢。

「可悲的是你！」

眼前男人癲狂的聲音啃噬著他的神經。艾萊恩掙扎著起身，極力駁斥。

艾萊恩的吼聲響亮，希望盡可能吸引路人注意，可惜店面的隔音嚴密，兩側的音樂酒吧更是人聲鼎沸，沒人注意到幽暗水晶店裡正在上演的事件。

「啥？面對我（Dom），你們根本別無選擇，居然有臉反抗？閉上你的臭嘴！困獸之鬥。」

「就算你有命令的權利又怎樣，你的前妻不也離你而去嗎？不管你是不是Dom，你都留不住她！」

「閉嘴！死貓！」

這段話徹底激怒羅素，天花板的聚光燈投射在他臉上，拉出一道陰狠的暗影。

隨著腦門一陣劇痛，艾萊恩的視線陷入一片死黑。

同一時間，視線陷入黑暗的不只艾萊恩一人。

市政廳高調開了破案記者會，氣得高轀兩眼發黑。

「市長搞什麼？什麼證據都沒有，破什麼案！」

高韞對金童大喊，憤怒地拍響桌面，力道之大，幾臺電腦螢幕接連傾倒。

「學長，你別這樣……我們也是聽令行事。」

「什麼狗屁命令！」

高韞怒斥，對眼前的一切感到荒謬至極。他明明是案件的負責人，明明案子還有諸多疑點，更何況逮捕的凶手與伊凡的目擊指認沒有半點相符，但政府為了破案保顏面，竟在最後一刻撤下他的職務，只為了不讓內部有異議的聲音，片面宣布破案。

荒誕又醜陋！

怎麼人類世界運轉了幾千年，為了面子犧牲真相的通病就是改不了？

「不准移送！知道嗎！」

高韞甚至激動到不自覺地發出指令，不過金童不具DS基因，無法辨別高韞此刻震怒的指數。

「學長，你就別為難我了。上頭做的決定，我們也沒辦法……」金童扭緊手指，一臉為難，「上頭說……案子不能拖下去了，現在安定民心最要緊。」

聽到金童的話，高韞閉上眼，髮絲喪氣般地垂落在額前。

他知道自從杜賓傷害案爆發後，局裡的報案電話就每分鐘響不停，可就在市長宣布破案後，局裡一下子安靜下來。

但是為了緩解人心而亂抓人的舉動，無疑會讓真凶更有恃無恐！

縱容罪犯的事不能一再上演。

「金童，你仔細看看犯人的證詞。你們偵訊五次，他五次都說同樣的話，一字不漏，怎麼可能有這種事！你記得實習時學過什麼嗎？太過真實反而虛！」

高轀內心萬分著急，這份滴水不漏、真到像假的證詞正是政府急需的鐵證。

但這不是事實。

除非現在找到其他證據或嫌犯自己翻供，否則定罪是板上釘釘的事。

金童盯著如課文默寫般的證詞，不知如何是好。他也明白現在逮捕的人絕非真凶，可高層的命令他也不敢違抗啊！

「學長……」

「金童，幫我！晚一點移送好嗎？半小時就好……不，十五分鐘，給我十五分鐘就好，我一定能問出蛛絲馬跡！」

「這……」

「拜託你，我們不能明知道真相卻不作為！」高轀抓住金童的手臂，露出從未有過的眼神，哀求道。

猶豫片刻後，金童隱諱地問：「如果我去一趟廁所……那之前的事，是不是就能將功補過了？」

「當然！！」

「那我去趟廁所，拜託學長幫我看一下犯人。」金童鄭重地點點頭。

「謝謝你。」

看著金童遠離，高韞緊咬牙根，悍然打開偵訊室的門。

進入偵訊室，只見嫌犯抓著胸口，低著頭一語不發，看不清表情，似乎連呼吸都沒有聲音。即便如此，他哭到發皺的眼皮仍透露出他的真實情緒。

「我知道你是替人頂罪的，可以讓我知道你發生了什麼事嗎？」

高韞拉過椅子在嫌犯面前坐下，單刀直入地問。

好不容易爭取到與嫌犯獨處的機會，此刻他分秒必爭，沒時間做迂迴的開場白。

不過嫌犯一如他預期，絲毫反應都沒有，仍沉默不語。但高韞察覺到對方抓著胸口的手瞬間捏緊了一下。

高韞細看了眼，發現嫌犯緊抓著的是條項鍊，心裡赫然有了底。

項鍊這物品，可以是單純的裝飾，或是……對特定人事物的某種依戀，而這種依戀大多與愛情脫不了關係。

憑著從警多年的經驗，高韞果斷開口：「我不清楚你究竟是為了什麼替人頂罪，但如果是為了愛情……我勸你放棄吧，那個人不值得。」

說到一半，他語調特意頓了頓。

果不其然，一提及情愛，對方的手指又收緊力道，連帶眼皮稍微眨動了一下。

見狀，高韞便知道自己的切入點正確。他把握這個突破口，接著拿出杜賓獸人莫卡受傷的照片，一張張攤開在嫌犯面前，逼迫他看著這些照片。

「你和受害者是什麼關係？你有不惜一切也要殺他的仇恨嗎？」照片中的莫卡身中多刀，許多傷口清晰見骨，紅肉外翻的血腥畫面讓觀者胃部不禁翻攪，發出一絲嘔聲。

與嫌犯短暫交過手，高轀可以斷定眼前的人連煮飯的菜刀都沒拿過，更何況要持刀凶猛殺人，因此嫌犯不可能對這些照片沒有反應。

即使出示這些畫面會令觀看的人感到不適，但為了套出實情，這是必要的手段。

「你看這些人受的這些傷，一個比一慘，最後一個受害者幾乎致命。雖說你認了這些事，但我不認為這是你做的。我看得出來你不是那種傷了人會毫無愧疚感的人。」高轀陸續將過去被害者傷口的照片攤開在桌上，繼續使用動之以情，說之以理的攻勢：「你承認的那些案子，刑期累加起來你連特赦的機會都等不到，你會被關到死的。」

言到此，本來對一切充耳不聞的嫌犯猛然抬頭，露出驚駭的表情。

「你說、你說什麼……我會被關到……死？」

男人的話音惴惴不安，握著項鍊的手嚴重顫抖。

「很有可能，就算不關到死，也是關到老。知道前幾天獸人咬傷人的新聞吧？他只誤咬了一口就被認定為蓄意傷害，判三年十個月的刑期，而且沒有緩刑。你怎麼覺得在承認這些後，還有可能走出監獄的大門？」

高轀拋出父親的案件當引子，縱使他不願提起，但這是目前最有力的前例。

「怎麼可能……他說……沒有死人，我頂多就是被關兩三年……就幾年而已……」嫌犯喃喃自語，一邊說一邊搖頭。

「很遺憾，絕對不只幾年。看來你打算保護的那個人欺騙了你。」

「不會的！他答應我，只要……只要我完成命令，他、他就會跟我在一起……」嫌犯模糊地說著，嗚咽起來。

「那個他，是誰呢？」

高轀抓緊機會追問，可嫌犯立即閉上嘴。

看對方慎思言詞的模樣，高轀輕嘆了聲，一對眼眸幽幽地飄向遠處：

「我不知道你如果真的完成命令，那個人是否會兌現承諾和你在一起。我只知道，傷害人的同時你也是痛苦的，否則你也不會因良心的譴責而哭了，對嗎？」

高轀說完，感覺嗚咽的聲音有那麼一刻停頓，他知道對方聽進了他的話。

「你做這些事無疑是在傷害你自己。真正在乎你的人，是絕對不會讓你傷害自己的。」

「真正在乎我的人？」

嫌犯緩緩抬頭，無神的眼中散發出一絲動搖。

「是的。」高轀點頭，音調一沉，「真正在乎你的人，是不會讓你經歷痛苦的事的。」

「什……你該不會……」

只是一個詞，霎那間讓嫌犯倒抽一口氣！

「我想你聽出來了。沒錯，我和你想維護的人一樣，我大可直接命令你，要你招認出實情。但是……」高轀抿起微乾的唇，片刻後又道：「但是比起破案，我更希望你可以得到尊重——你應有的尊重。我希望你能明白，真正在乎你的人，並不會因為你做了什麼才願意愛你。」

高轀認真地望著嫌犯顫動的雙眼，道出這段勸戒，同時也是他給自己的結語。

曾經有那麼一刻，他覺得自己與艾萊恩只是Dom與Sub的依戀關係，他曾幾度猶豫要放棄，但此刻說服嫌犯之時，他也獲得了解答。

他愛著艾萊恩，並非因為他們是D與S的融合，也不只是因為艾萊恩能臣服於他，滿足他心理的控制欲、填滿生理上的欲求。

即便艾萊恩拒絕他、反抗他、咬了他，他仍然心繫於他。

他說什麼都無法放棄。

他愛著艾萊恩，不為任何理由，單純是因為——他是他。

「總會有一個人，他愛你，只是因為你是你。相信我，總會有一個人出現的，不要為不值得的人錯過了。」

高轀眼神堅定，發自內心說出真實誠心的言語，這一刻他不為破案而來，他只想幫助一個為情迷惘的人。

沉默持續壟罩著偵訊室。

時間一分一秒地消逝，直到聽見金童由遠而近的腳步聲。

高轀暗自嘆了一口氣，闔上眼，當他以為無望之際，面前的嫌犯用模糊的聲音說出一串地址。

「西區天使大街八十九號……那裡真的是一個很美、很像天使居住的地方，他就在那裡……」

語落，他抓著項鍊的手緩緩地鬆開，露出水晶的光芒。

最後時刻翻供的證詞使整個警署身處熱鍋，而使高韞沸騰到頂點的，是李里亞的一通電話。

「李里亞抱歉，我現在正忙，等一……」

『小韞！聽我說！隊長不見了！』不等高韞說完，李里亞劈頭就喊。

「艾萊恩？他怎麼了？」欲掛電話的手又將電話提到耳邊。

『隊長他看見嫌犯被捕的新聞，說嫌犯不可能是凶手，然後又看新聞、又說什麼重疊、又說什麼是他，然後然後然後……他就沒回來……』電話那頭的李里亞一通亂語，幾乎語無倫次。

「李里亞你好好說，不要緊張。你說艾萊恩不見了是什麼意思？」

得知艾萊恩下落不明，高韞心海翻騰，但他還是強壓下心中焦慮，耐心引導李里亞講出完整的始末，殊不知李里亞講到一半，換高韞徹底坐不住。

『隊長好像知道凶手是誰了，我們以為他是去找你，可是已經過了他輪值的時間很久，他都沒有回來，也什麼都沒交代……這種事從來沒發生過，我很怕他真的出事……』

「電話定位呢？」

『他沒帶……』李里亞聲音顫抖，不安地看著艾萊恩遺落在桌上的手機。

「他離開之前有說什麼特別的事嗎？什麼都好。」

李里亞低頭思索，片刻後喊了一聲：

『項鍊！對了！他……他有問我項鍊！隊長突然問我水晶項鍊的事！』

「水晶項鍊？」

聽到關鍵字，高韞驚駭。

腦中只有一個地方！

他掛上電話，立刻扣上槍套，飛也似的奪門而出：「金童！帶一隊人馬到西區天使大街八十九號！快！」

◆

地下室的空氣如變質的膠水般黏稠，金屬打磨的鐵屑味與潮溼的霉味黏著，一起飄盪在空氣中，與地面上清新的店鋪氣氛截然不同。

豎立著檯燈的桌面上有條不紊地擺著各式各樣的金工用具，一顆顆五彩斑斕的水晶原石整齊地放置在牆旁的立櫃。

每顆水晶在工作燈的照耀之下，散發著剔透的晶光，純淨的石面映射出艾萊恩扭曲痛苦的身形。

此時的他已化作獅型，囚困在比冷凍櫃還窄小的鐵牢籠中。

四面包夾的鐵條壓得他喘不過氣，綑在鐵柱上的利刺一針一針扎進他肌肉僵硬的身軀，極度的痛楚讓艾萊恩無力堅持人形。

他沒有閃躲的空間，更無一絲退路，只能忍受鋒利的鐵刺嵌進自己的肉體。

鮮豔的血液從傷口汩出，艾萊恩的毛髮因血水而糾結，血液順著鐵欄杆滲入地面的石縫中，形成葉脈般的紅流。

他失去了自由。

「很不錯對吧？這原本是我親自為那隻狗準備的，不過我改變主意了，就沒給他用。本來覺得可惜花了我那麼多時間製作，沒想到留給你正好！」羅素高談闊論，繞著鐵籠踱步，每經過一次艾萊恩的背後，就會往他尾巴狠狠踩下去。

痛苦的低鳴從喉間迸出，可羅素有恃無恐。

這裡是水晶店面下方的地下室，聲音本來就難傳到地面上，又為了掩飾製作金工時的噪音，牆板內釘了層層的吸音棉，所以不會有人聽見艾萊恩的哀鳴。

更何況，他現在還受制於羅素。

「求我放了你啊！快點求我！說！」

羅素一邊挑釁一邊用力轉動腳踝，眼見獅系獸人臣服在自己腳下，他的虛榮感放肆地膨脹，得意地用鞋跟踹磨艾萊恩的尾巴，將對前妻與獸人再婚的嫉妒及恨意一股腦宣洩在他身上。

他雙眼布滿血絲，放聲咒罵：

「那個無藥可救的蠢女人，居然離開我，選擇獸人！我就不明白你們這些動物有什麼好的，你們只是動物啊！你們只是動物、只是動物、只是動物！！快求我，快說啊！」

皮肉磨在粗糙的石子地上，血染紅了羅素的鞋底。羅素似發瘋般，腳踹的力道越來越狠，沒一會他的褲管全濺上鮮紅。

「你求我我就放過你！給我說！」羅素吼道。

而艾萊恩忍著痛楚，低著頭緊緊咬住自己的前肢。

此時苦澀充滿了他全身。他並不是沒能力反抗羅素，也不是缺少制衡自己Sub基因的毅力，而是他再次敗給了恐懼。

童年的記憶一直是他心底深處無法散去的陰影，以至於在羅素揭示身分的那一霎那，艾萊恩讓Sub天性凌駕了自己的心智，讓過去的夢魘撕咬自己，進而讓對方有機可趁，將他關進這鐵籠之中。

不帶心悅的臣服，有的只有屈辱。

艾萊恩對羅素的命令毫無喜悅之感，只有滿腔的憤怒與不甘心，這次他無論如何都不可能迎合他的命令。

能命令他、讓他真心順服的，只有一個人。

「嘿嘿嘿，哈哈哈哈！居然反抗？真不錯！」

見到艾萊恩抵死不從的姿態，羅素發出詭異的笑聲。他冷不防丟下這句話，消失在艾萊恩的視線中。

接著，艾萊恩聽見背後一陣金屬碰撞的聲音，並聞到火槍的瓦斯味，瞬間一股駭人的涼意席捲艾萊恩的大腦。

察覺到對方窮凶極惡的企圖，艾萊恩撐起蜷曲的身軀掙扎起來，鐵籠在地面刮出一道道刺耳的聲音。

沒一會，羅素舉著一把烤得通紅的鉗子刻意走到艾萊恩面前，狂妄地俯視他：「我們來看看你能反抗到什麼時候吧？」

說完，他裂開猙獰的笑容，往艾萊恩尾部夾去！

在這危急之際，一道迅疾的人影乍然擋在羅素面前，同時一聲大喊劃破了空氣。

——是高韞的聲音！

艾萊恩聞聲，吃力地轉過頭。

只見烤過的火鉗狠狠掐在高韞的手臂上，發出燒燙時的滋滋聲和可怕的焦味。

疼痛穿過皮膚和骨頭，高韞感覺手幾乎快被掐斷。

「你、你、你是誰？怎麼進來的！」

有人驟然闖入極為隱蔽的空間，羅素臉色霎時刷白來不及反應，錯愕地退了幾步，手上的力道也不禁放鬆。

趁此空隙，高韞眼神一變，閃電般扭身掃腿！

他一腳踢掉火鉗，並俐落拔槍，抵在羅素的額頭上。刑警訓練有素的身手讓羅素連看清影子的機會都沒有。

「我從大門堂堂正正進來的。看來你相當沉浸在自己的小宇宙裡嘛。」

高韞狠瞪著羅素，又看見一旁被囚禁在鐵籠內、傷痕累累的艾萊恩，滿腔怒意越發高漲，指節差點因憤怒而扣下板機。

聽見高韞的聲音，艾萊恩發出激動的嘶鳴，而他手臂上的傷更令艾萊恩自責……他又害他受傷了。

「呵，我懂了，你是這隻Sub的主人。」

「什麼這隻？注意你的措辭。羅素，我以涉嫌殺人、教唆頂罪逮捕你。」高韞怒火中燒。

「那個蠢人，廢物。」

羅素不屑地對地面吐了口唾沫。

「起碼他是人，和你不一樣。手舉高！」

有些人空有人類的外貌，但他們從來就不是人類。

抵著額頭的槍口發出撥動板機的細微聲響，眼見情勢不利，羅素一改前態垮下臉舉起手臂。

然而他非但沒止步，反而加速後退。高韞皺起眉頭跟隨其上，槍口依舊緊貼著他。

「趴下！」

發現對方佯裝投降，實則另有所圖，高韞表情僵硬地出聲喝止，可說時遲那時快，羅素快手一擰，猛力拔下身後連接火槍的瓦斯管。

下一秒，只聽見瓦斯洩漏的嘶嘶聲。他掏出口袋的打火機，舉在高轀面前，拇指在開關上來回撥動，露出極其扭曲的怪笑。

似乎在叫囂著：你看我敢不敢？

「瘋子。」高轀低斥。

此時情勢調轉，換高轀慢慢退後，不過他不敢掉以輕心，槍口仍對準羅素的腦袋。但當他的小腿抵到艾萊恩的鐵籠邊緣時，卻犯了難。

他一手已經廢了，根本不可能持槍的同時又替艾萊恩解鎖。

此刻，羅素發出令人寒毛直豎的笑聲，渾身散發出竄動的惡意。

他看出了高轀的困境。

「嘿嘿嘿嘿嘿嘿嘿，呵呵呵呵呵……」羅素的思緒逐漸失控，嘴角呢喃著聽不懂的話語，開始對眼前的事物產生虛無的妄想。

聽見這笑聲，艾萊恩瞬間狂躁起來，他啃咬鐵籠，急於警告高轀。

他知道羅素瘋了！

他真的會玉石俱焚。

「艾萊恩！別這樣！」

高轀胃部緊縮，下顎也滴出冷汗，因為現在任何一點小火花都會引起氣爆。

但就在他眼角瞥向艾萊恩的同時，羅素按下了打火機。

爆炸發生得猝不及防，劇烈的威力霎時間震天撼地，來不及眨眼的高轀頓時被沖彈到好幾公尺外，整個人猛力撞上水晶櫃。一顆顆水晶原石掉落下來，全砸在他身上，使他痛得動彈不得。

頃刻間火點蔓延，參雜著羅素慘烈的哀號。也許是錯覺，羅素的嚎聲夾在紅火間，聽起來更像某種邪教儀式發狂的祝禱。

沒多久，他的聲音便消失在火中。

高韞弓起背脊，奮力撐起身，卻驚覺下盤與腿腳使不上力。

一定有某處骨折了……

「艾……萊恩……」他兩眼發昏，嘴裡呢喃著艾萊恩的名字，用被血染糊的視線努力搜尋他的身影。

不遠處，一座鐵籠被掀倒。由於籠子的重量加上艾萊恩的體積，他並沒有彈太遠，艾萊恩就像在布滿針的滾筒洗衣機裡翻了幾圈一樣。

他張開獠牙，瘋狂咬扯鐵籠，鐵柱上的刺刮得他鮮血直流。

可他絲毫感覺不到痛。

他一心只想著高韞。

這次他要靠自己的力量掙脫出來！他要保護他！

氣爆引起的火勢快速蔓延，眼看即將燒到牆邊的高韞，艾萊恩咬合力爆發，猛扯斷禁錮他的鐵欄杆！他內心激起，奮力從窄縫中鑽出，鐵刺在他皮膚上割出數道長長的傷痕。

無奈烈火無情，在他掙脫鐵籠的那一刻，熱氣迸發的火苗在他與高韞之間竄起，霎那間阻斷營救的前路。

艾萊恩見狀，頓時愣住。

燃燒竄動的烈火逐漸遮蓋住高轀倒臥的身軀，艾萊恩心急地來回踱步。那日在臥室裡，依偎在高轀腿上的情景鮮明地閃現眼前……

『如果你決定走進我的世界……就別離開我。』

這是高轀對他說過的話。

是他發誓一輩子要守住的承諾。

他要守住承諾才行。

艾萊恩嘶吼一聲，縱身躍進比自己高好幾公尺的火牆中。

他可是救援隊，哪有怯步險境的道理！

狹窄的地下室內火舌高竄，艾萊恩壓低身軀，強忍嗆人的濃煙匍匐前進，焦急地搜尋高轀的身影。

下盤劇烈的疼痛使高轀幾乎暈厥，此時連呼救的力氣都喪失了。

倏地，小時候與家人生活、上學、受訓、追捕犯人，還有與康格對峙的一幕幕似跑馬燈般回閃過腦中，快速且鮮明。最後這些片段匯集成大片白光，隨後艾萊恩的掌心蓋住他的唇，隔著手背親吻他的畫面浮現眼前。

這時，腳邊的櫃子焦裂開來，周圍的溫度驟然飆升，在急速蔓延的火舌中，高韞苦笑一下。

熱燙的溫度蒸發掉他的眼淚，他多想好好感受他的吻啊……

也許，沒有機會了吧。

高韞想著，緩緩閉上雙眼。

可他不知道，這聲苦笑確實地傳到了艾萊恩的耳中。

紅火的另一頭，艾萊恩猛然豎起耳朵，依稀聽見燃燒聲中高韞微弱的聲音。亂竄的火焰未能阻擋他，他瘋狂朝聲源奔去。

熛火彈到皮開肉綻的傷口，激出難以忍受的痛苦，柔軟的肉球踩在刺人的碎瓦礫上，讓艾萊恩舉步維艱，彷彿踏在冥火焚燒的地獄之門。

終於，他在搖搖欲墜的棚架下發現奄奄一息的高韞。

艾萊恩立刻衝過去，心疼地舔舐高韞擦傷的臉頰。

「你……怎麼來了……」

微刺的痛感使高韞豁然睜開眼！

只見一頭傷痕累累卻眼神堅毅的獅子出現在眼前。

高韞枯槁的心頓時震盪。

聽戀人還有說話能力，艾萊恩忐忑的心稍稍放寬，但此刻還不是安心的時候，瓦斯洩漏的氣味越來越濃，恐怕有二次氣爆的可能。艾萊恩用鼻尖推了推高韞的手，並背對他伏下身，示意他抓住攀上自己的背。

不料高韞卻拒絕了。

「你快走……我起……起不來了……」高韞望著艾萊恩的眼神越來越渙散……

他知道他的大貓咪沒有放棄他，這樣就夠了。

他唇角挽起微笑，露出那抹讓艾萊恩日夜思念的酒窩，用上最後的力氣伸手推開對方。

大火持續剝奪稀少的氧氣，接著高韞眼前一黑，手臂從艾萊恩背上滑落，失去了意識。

通紅的火光肆意照映著高韞彷彿睡著的容顏。

目睹高韞的眼神逐漸失焦，最後暈厥，艾萊恩渾身顫抖，暴動的心跳撞破胸腔，充斥於雙耳。

名為失去的恐懼狂扯每條神經，喉間發出哽咽的哀鳴。

不行。

不能放棄。

高韞還有呼吸！

艾萊恩壓下徬徨，緊緊咬牙，用僅存不多的氣力強迫自己化成人形，施力過度的齒間磨出哧喀駭人的聲響。

膚質與骨骼的轉化讓身軀原有的傷口綻裂得更加嚴重，溫熱的血液不停由新傷口湧流而出。但他無暇顧及自己，艾萊恩強忍住劇痛，奮力托起高韞宛如布偶般癱軟的身軀。

心底升起他所定下的誓言——

他會永遠留在他的世界。

尾聲

如低音炮的呼嚕聲傳入耳膜，刺激著高轀朦朧的意識，他微微眨動眼皮，接著聞到空調乾淨的氣味，隨後感受到掌心中軟呼呼的觸感。

他的感官正一點一滴地回籠。

高轀吃力地撐開厚重的眼皮，想看清楚手裡的東西是什麼。

模糊之間，他隱約看見一抹褐棕色的龐然大物蜷窩在腳邊，高轀足足愣了好幾秒，才看清縮在床尾影子裡的是獸化的艾萊恩，而他的下巴就墊在自己手掌上。

也許是感應到高轀的呼吸變化，艾萊恩稍皺了一下眉，旋即睜開眼睛，純淨的茶色雙眸與剛甦醒的高轀對上，下一秒艾萊恩就飛也似的跳下床，奔出房門。

見到對方逃走，高轀本能性地急起直追，誰知道他才剛挪動右腿，一股痛楚馬上從腰間炸開來，逼得他直冒汗，同時痛楚徹底激醒他的腦袋。

他眼珠轉了一圈，發現自己身在醫院。

高轀盯著纏繞在手腕上的繃帶，記憶回溯到火鉗夾住手臂的那一幕，以及大片橙紅色的火景。

對了……

自己不是在和羅素對峙嗎？

正當高韞努力釐清記憶時，陣陣雜亂的腳步聲透過地板傳來，隨後艾萊恩、李里亞、彼得、金童，還有幾位醫護一起出現在病房裡。

原來高韞受到氣爆的衝擊，導致右側骨盆骨裂，好在沒有傷到神經，臥床靜養就會恢復。經過基礎的診斷，醫生留下幾顆止痛藥便離開。

「高刑警，您能清醒真是太好了。」彼得露出禮貌的微笑道。

「就是啊小韞，聽見你受傷真是快把我嚇死了。」

李里亞拉起高韞的手，滿臉擔憂。

金童更誇張，在進病房前就哭得滿臉鼻涕：「嗚嗚嗚嗚嗚學長……對、對不起，真的對不起……嗚！都怪我救駕來遲，才、才害你受傷的……」

那天雖說金童立刻照著高韞的指示召集警隊，急奔現場。但正逢音樂節，夜晚狂歡的車流與人潮一時間難以疏通，當他趕到時，店舖已變成火海。

幸好眼尖的消防員發現到高韞與艾萊恩倒臥在店門口，及時將他們送上救護車，才避免了二次氣爆的衝擊。

「什麼救駕，真是的，我好得很。不是說要休養幾天而已嗎?沒事。」

金童的模樣正經又滑稽，惹得高韞氣不起來，連在場的人都笑出聲。大家都替高韞恢復精神感到高興，他的周圍一片笑語，唯獨一人半聲未吭。

高韞的眼睛穿過眾人，見到艾萊恩坐在隔壁獸人專用的床架上，靜靜地注視歡鬧的人群。

「艾萊恩？怎麼不說話？」

「醫生說他受傷後化成獸形又化成人形，皮膚與韌帶反覆撕扯，導致傷口惡化。為了趕快復原，就規定隊長在靜養期間只能維持獸形，直到完全康復為止。」李里亞代替解釋。

原來是這樣……高韞嘴角輕笑。

他的大貓為了救他，也賭上性命了。

「艾萊恩，過來。」

他拍了拍雙腿示意。

艾萊恩望了眼高韞手上被他咬出來的疤，露出顧慮的眼神。他很想說些什麼，無奈現在必須維持獸形，無法說話，只能發出細微的嗚咽聲。

彼得見狀，拍了拍李里亞與金童，用眼神通知兩人該撤離了，好給艾萊恩與高韞獨處的空間。他們有默契地緩步退出病房，留下這對裹足不前的戀人。

室內再次恢復寧靜，片刻過後，高韞率先打破沉默。

「好了沒人了，過來吧！你剛剛不是還躺在這裡蹭睡嗎？」

聽到高韞的話語，艾萊恩先是抬頭一愣，接著露出猶豫的眼神。

「亂想什麼？快點。」

見對方未有行動，高韞朝艾萊恩勾勾手指，以溫柔的嗓音發下醉人的命令。

「這次保證不會把你踢下床了。」

說完，高轀張開手臂等待艾萊恩進入自己的懷抱。

他記得艾萊恩說過，若化作獸形便無法擁抱自己，相當可惜。

不過沒關係，這次換他擁抱他。

見高轀敞開懷抱，艾萊恩低鳴一聲，終於跨出腳步。隨著高轀病床的床沿下沉又浮起，他重新回到高轀的身旁。

高轀伸手輕搔艾萊恩的下巴，接著一遍又一遍地愛撫著對方因血水凝結而被剪得參差不齊的鬃毛，心裡溫暖又踏實。

終於觸碰到他了。

再次撫摸到愛人的觸感甜而美好，他不想再失去這份寧靜的幸福。艾萊恩享受著柔和的撫摸，瞇起眼來，舒服得發出呼嚕嚕的嘆聲。

隨後高轀捻起艾萊恩燙焦的鬍鬚，咯咯輕笑：

「呵呵，你好好笑……」

艾萊恩一聽，呼嚕聲驟停，努了努鼻子，別過臉。

可惡！他怎麼老是在高轀面前出糗？

雖然艾萊恩維持著別過頭的姿勢，像在賭氣，但他一雙眼仍忍不住偷偷盯著高轀唇角的酒窩瞧。

這一幕看得高轀抿唇，隱隱憋笑。

「轉過來，艾萊恩，讓我看看你。」他端住艾萊恩的下巴，將他的臉轉向自己，然後額頭輕輕靠著艾萊恩的額頭，內疚道：「對不起。」

聞言，艾萊恩圓鼓鼓的眼睛瞬間瞪大。

「謝謝你救了我。之前在你不願意的情況下命令你，是我的錯。」高韞微笑著，慢慢眨了眨雙眼，「原諒我好嗎？」

高韞的眼瞼一睜一閉間，令艾萊恩心頭澎湃。

緩緩眨動雙眼對人類來說沒有意義，但對貓科而言卻寓意深遠。

那代表著我愛你。

艾萊恩凝視著高韞美麗的眼眸，悄悄用尾巴捲著高韞的手指，示意著接受他的歉意。

感受到手中毛絨的觸感，高韞彎起了眼角，捧起艾萊恩的下巴，將唇輕貼上去。

兩人的眼瞼輕輕閉闔，相互用眼神訴說著話語勾勒不出的眷戀。

艾萊恩微微吐露舌尖，小心地、克制地舔吻高韞的嘴唇。而高韞也張開嘴，回吮著有些刺又有些麻的吻。

那道無形的隔閡消散，他們終於嚐到了彼此的味道。

高韞輕柔地抱住他的大貓，聞著他的味道，喉間發出像似撒嬌的邀請，「要不要再睡一下呢？一起睡一下吧？五分鐘。」

艾萊恩輕嗚了聲，舔舔高韞的臉頰，然後把下巴枕靠他的肩旁，同意這份提議。

倘若他現在是人形的話，應該是露出微笑的表情吧？

高韞心裡想著，嘴角泛起笑意。

早秋的夕陽由窗簾的縫間傾瀉而下，伴著暖陽與彼此的體溫，兩人發出恬靜且安穩的呼吸聲。

◆

午後的一場小雨洗滌了城市汙濁的空氣，街道的輪廓變得清晰。雨水沖刷過的葉片、路上行人、招牌、天空，城裡的一切宛如精細切割過的水晶，立體鮮明。

裝潢休閒輕快的餐廳裡，「咻嘩——咻嘩——」啤酒灌入玻璃杯中的響聲一遍接一遍地從吧檯傳來，服務上菜的聲音不絕於耳。

高轀與艾萊恩出院了，刑警與救助中心共同舉辦了一場盛大破案與康復的慶祝會。

美食當前，眾人無不敞開胃肚大快朵頤，李里亞與金童頂不住酒意，喝醉後五音不全，開始合唱，逗趣的場面惹得大伙捧腹大笑，幾十人聚集在小小的餐廳裡好不熱鬧。

艾萊恩與高轀在歡騰的氣氛中相視一笑，拎起酒杯來到露臺上透氣。

市中心的電視牆上撥放著市長重新宣布破案的新聞，更自圓其說，前次的記者會是場讓真凶掉以輕心的聲東擊西之計。

螢幕中的政客義正嚴詞，滔滔說著事件的後續。

羅素自焚逝世，但檢調藉由前妻的證詞、他家中電腦裡有關犯罪手法的搜尋紀錄，與帶有其餘被害者DNA的凶器等等，形成完美的犯罪鏈。法院也罕見地於凶手過世後宣達死刑的判決，被教唆的幫凶也處以三年的刑期。

「我想這個法官是為了給眾人一些警示也說不定。」

「或許吧……DS的犯罪率近年確實居高不下。」高轀啜了一口酒，遙望雨後秋花盛開的街景發出感嘆，酒杯邊緣因呼吸蒙上一層白霧。

一開始就不對等的關係，走到最後只會傾斜得更加嚴重。但願羅素的案子能夠點醒一些尚在情感中徘徊迷惘的人。

微涼的晚風陣陣，伴著海棠花柔和的香氣輕拂鼻間，撫平了案件帶來的愁緒。

「入秋了。」艾萊恩慢慢喝著啤酒感嘆道。事情剛結束，卻又似落幕許久一般。

「是啊，漸漸變涼了。你呢？換了衣服，還習慣嗎？要是覺得冷，就穿回以前的褲子吧。」高轀一邊問，看了眼艾萊恩的尾巴。

「不冷，而且習慣露尾巴後感覺比以前自在。」

出院後，艾萊恩便換回了露尾巴的褲子，大方現出尾巴的傷痕。

對他而言，所有的陰影都成了過去式，他的尾巴乘載的不再是傷痛，而是滿滿的幸福，只要他往前看，幸福就會跟著他。

「希望我擁有的幸福也能分給你。」艾萊恩說著，並用尾巴磨蹭高轀的指尖。

「我已經受惠嘍。」

「什麼？」

「我媽媽醒了。」

遲疑了一秒，艾萊恩發出驚嘆。

「真的？」

「真的，我早上和她視訊過了。」高韞微微點頭：「雖然還沒有力氣說話，但是對我的問題已經能做出點頭或搖頭的反應，我打算讓她再調養一陣子就接她過來。」

「太好了！我能見到她了！」知道這個好消息，艾萊恩高興得綻開笑容，但隨後又換上憂心的神色，「怎麼辦？你媽媽會喜歡我嗎？」

畢竟高韞的繼父是狼族，媽媽審視獸人的眼光想必更高吧？艾萊恩不禁忐忑自己是否符合長輩的標準。

看穿戀人的心思，高韞忍不住哼笑起來。

「放心，我已經跟我媽媽提過你了，我跟她說你是最適合我的人。順帶一提，我有傳你的照片給她，她對你很滿意喔。」

聽見高韞如同告白的回答，艾萊恩不知怎麼地，竟害臊地垂下頭，尾巴悄悄由磨蹭改為纏上高韞的指節，釋放出索吻的信號。

高韞笑了，露出彷彿佳釀的酒窩，清澈無瑕的眼珠倒映出艾萊恩微紅的顴骨。

他一手回握住他的尾巴，伸手捧住戀人的臉龐親吻他。

這世界上，誰能不被獅子的魅力折服呢？

D是發號施令的人。

S是接受命令的人。

Dom與Sub沒有一方能掌控所有的權利，也沒有一方握有絕對的選擇，他們單純是這世界上兩縷相愛的靈魂，只是雙方剛好是D與S。

他們沉溺於對方的包容，也貪戀愛人占有自己的霸道，享受對方因為自己感到滿足的表情，更醉心於彼此無須言語的對視。

他們是這世界上有幸相遇的兩人，是最適合彼此的D與S。

—完—

高寶書版集團
gobooks.com.tw

FH064
萊恩大人也想甜蜜索吻

作　　者　柳孝真
插　　畫　Gene
編　　輯　陳凱筠、賴芯葳
封面設計　彭裕芳
排　　版　彭立瑋
企　　劃　方慧娟

發 行 人　朱凱蕾
出　　版　朧月書版股份有限公司
　　　　　Hazy Moon Publishing Co., Ltd
地　　址　臺北市內湖區洲子街88號3樓
網　　址　www.gobooks.com.tw
電　　話　(02) 27992788
電　　郵　readers@gobooks.com.tw（讀者服務部）
傳　　真　出版部　(02) 27990909　行銷部 (02) 27993088
郵政劃撥　19394552
戶　　名　朧月書版股份有限公司
發　　行　朧月書版股份有限公司 / Print in Taiwan
初版日期　2023年5月

國家圖書館出版品預行編目(CIP)資料

萊恩大人也想甜蜜索吻 / 柳孝真著.-- 初版. -- 臺北市：朧月書版股份有限公司出版：英屬維京群島高寶國際有限公司臺灣分公司發行, 2023.05-
面；　公分. --

ISBN 978-626-7201-60-2(平裝)

863.57　　112004280

ALL RIGHTS RESERVED
凡本著作任何圖片、文字及其他內容，未經本公司同意授權者，均不得擅自重製、仿製或以其他方法加以侵害，如一經查獲，必定追究到底，絕不寬貸。
版權所有　翻印必究